區曼玲——著

# 留下，因為愛

# 目錄

我願意行的善，我沒有去行；我不願意作的惡，我倒去作了。

羅馬書7:19（新譯本）

# 快樂的秘訣

「我愛你！」

在丈夫的懷抱中，她喃喃地說出。魚水之歡的吃力，讓丈夫氣喘吁吁。她感受著丈夫鼻子裡呼出的氣息，吹在她頭髮上。她沒有看他，只是習慣性地捏捏丈夫手臂上的肌肉，心想：又一次成功地在床上扮演浪女的角色，讓丈夫心滿意足。用這種方式去愛他，應該足夠了吧？

這半年來茹萍在各方面的變化：情緒上、打扮上、床上，讓她的丈夫有點丈二金剛摸不著頭。上床之後，她不僅不再習慣性地喊偏頭痛，還會在做愛時聲聲呢喃著：「我愛你、我愛你！」像是要辯護，又像在保證什麼。但是他寧願將這改變歸功於近來公司的營運好轉，業績高昇。再不然，也肯定是因為自己的床上功夫讓妻子爽快無比。想到此，他的男子氣概大受激勵，打起呼來，便更加肆無忌憚。

丈夫這廂已經鼾聲大作，茹萍卻精神奕奕，完全沒有睡意。她起身，繞到自己最心愛的躺椅上，打開閱讀燈，隨手翻開今天上班路上買來的最新一期女性雜誌。雜誌的封面照例是一位五官端正、皮膚完美無瑕，身材令男人眼睛噴火、女人咬牙切齒的年輕模特兒半身照。這樣的照片在雜誌裡頁更比比皆是：沙灘上誘人的比基尼下，是一雙雙傲人的高聳乳房，外加修長勻稱的美腿。她們展示的晚禮服從不會有凸出的小腹，也沒有粗大的腰圍。

其實這類照片跟茹萍自己，或是她身邊的女性友人一點也不搭調。但是她仍然月復一月地掏腰包買雜誌，毫不厭煩地看裡面遙不可及的美女與時裝。

「不完全那麼膚淺的！」茹萍在心裡為自己這個看似不理智的舉動辯護。「雜誌裡經常有相當不錯的報導與訪問，女人間分享一些屬於女人的想法、作法，而且還有教授或心理學家來分析社會現象與兩性關係。我就常常從中獲取知識，把別人的經驗化成自己的體會。」

這半年來的改變，不正是托了女性雜誌之福嗎？她記得非常清楚：半年前，雜誌的每月話題是：「我是好人嗎？」參與討論的有大學教授、哲學家、演員、電視主持人，拋棄兒女、與情人雙宿雙飛的母親，販毒的、搶銀行的，以及演唱褻玩歌曲的青少年偶像歌手。他們的人生經歷或有不同，社會地位也有異，但是沒有人認為自己是「完完全全」的壞人。後悔曾做錯決定，有的！希望別人能諒解，也有的！但是人人都認為自己骨子裡有善的成份，而且最重要的—他們異口同聲說—是必須誠實地去面對、滿足自己的需要，不能一股腦地犧牲自己。畢竟，「好」與「壞」端看你怎麼去定義，沒有一定的標準。況且真實生活中，人是不像童話故事裡的人物，總是黑白分明的。

最令茹萍印象深刻的，是一個婚外情不斷的商場女強人。她說：「我只有在背叛丈夫的時候，才真正對自己誠實。」她知道這不是一般大眾認為一個「好人」會做的事，但是卻是她快樂的秘訣所在。是的！她仍然愛她的丈夫、他們的子女，但是她也需要陌生的肌膚、那種在長期婚姻中遺失的新鮮刺激感。「偷腥」是幫助她維持年輕與活力的方法。與其做個嘮叨埋怨、終日苦等不到丈夫讚美的怨婦，不如去享受外面男人投予的愛慕、熱切的眼光。一夜激情之後，再載滿對自己外表與身材的滿滿自信，快快樂樂地回家。

「其實丈夫也是受益者呢！」這位女強人振振有詞地說，「因為妻子的情緒平衡，做丈夫的也省去應付嘮叨不滿的妻子的麻煩。」

茹萍記得看到這篇報導時，那種「找到了答案」的頓悟感。「是啊！」她想，「我必須自己先快樂，丈夫才能快樂嘛！所謂的好與壞，對或錯，不都是相對的嗎？是非的標準又在哪呢？只要不傷害別人（隱瞞丈夫其實也是為他好！），靠一夜情來增加生活情趣，不也是對家、對丈夫的愛的表現？只要把握住不假戲真做的底線，又有何不可呢？」

既受到各專家與過來人的鼓勵，茹萍在接下來的公差旅途中，便開始嘗試不再拒絕同事或貿易夥伴的邀約，談完公事後，和他們一起上飯店的酒吧喝兩杯，在柔和的燈光與醇酒下調情。

起初，她還有點艱澀靦腆，不禁暗地裡罵自己窩囊！怎麼連打情罵俏都不會了?!原來十五年的婚姻生活，把自己搞成這麼一個乏味無趣的女人！茹萍想到便不禁一陣不屑，不知道是對自己、對丈夫，還是對婚姻。

但是那位邀她去淺酌的夥伴卻擺明了是老手一個！他深情款款，一副大眾情人的架勢，先是不經意地碰觸茹萍的手臂，然後摟肩、撫摸她的臉頰、頭髮。嘴上更是舌燦蓮花，首先對茹萍洽談公事的手腕讚嘆不已，然後再出奇不意地說：「沒想到精明能幹的女人也能如此性感艷麗！」

茹萍被奉承得整個人飄飄然。當然她不是十五、六歲，情竇初開的少女了，這種調情的伎倆她也許已經生疏，但還沒有淡忘。身邊這位西裝筆挺，身材保養得宜的中年男子，說的也許不是真心話，但是，老天！還真句句管用啊！

酒精漸漸在茹萍腦袋裡發酵，她變得大膽、輕鬆自在許多。當那位男子再次將手勾在茹萍手臂中時，她將手一掀，索性把兩臂掛在那男人的脖子上，抬起頭，遞上大受讚美的兩片厚唇，這意圖就再明顯不過了。

兩人進了男子的旅館房間。門才一鎖上，房裡便鞋子、外套、褲子、內衣滿天飛，天雷勾動地火，一發不可收拾。

有了第一次之後，第二次就熟練多了。出公差不再是件惱人的事，而且地點越遠，茹萍的興致越高。過不了幾個月，她開始食髓知味，欲罷不能。只要保密功夫做得好，同事間能幫著打迷糊仗，瞞著丈夫並不是件難事。況且，在經歷過野男人滿胸的體毛之後，自己丈夫平滑的肌膚就舒服多了；被年紀長她許多的男子的啤酒肚頂得不舒服，再回來摸摸自家丈夫的二頭肌，就覺得自己的眼光還真是不錯！

茹萍的快樂指數極速上升，她真如雜誌裡的那位匿名女強人所說：情緒平衡，沒有抱怨；做家事時哼著歌，走起路來虎虎生風！

但是不知道從什麼時候開始，無論跟哪一個男人做愛，包括自己的丈夫，她都不能正眼去看他們。完事後，她也習慣轉過身，背朝著男人睡去。常常，夜裡醒來，寤寐中，不知身邊的男人是何許人，也不確定該用什麼態度去依偎。尤其那種從惡夢中驚醒，卻不能抓住身旁男人的手的感覺，讓茹萍很不好受。

有一次，茹萍接到一個棘手的案子：老闆派她去和廠商談價格。聽說對方派出的代表經驗豐富、擅長數據，在商界是出了名的鐵腕手段，非常不苟言笑。

茹萍身負重任，帶著戰戰兢兢的心情去交涉。那位經理把臉刮得乾乾淨淨，隱隱還嗅得出古龍水的味道。握過手之後，他一屁股坐下來，隨即打開公事包，亮出一疊公文，密密麻麻的數字，表示自己有備而來。

茹萍從一見面就燦爛地笑著。「再嚴肅也不能欺負笑臉盈盈的美女吧？」她安慰自己，然後極其優雅地問對方要吃點什麼？

他回答：「吃什麼不重要，重要的是你們公司提供的軟體既不實用，問題又層出不窮。別家公司的價錢便宜三分之一，還有完善的售後服務，這樣的品質實在有點說不過去……。」

茹萍對這套軟體的缺點心知肚明，當初她極力反對提供給客戶，現在出了漏子，老闆卻要她去周旋！除了頻頻問對方要不要嚐嚐這家飯店的辣炒花枝或是涼拌海鮮以外，茹萍半天擠不出一個理由來說服對方，臉上的笑容變得非常尷尬。

但是那位光滑著一張臉的經理卻慢慢揚起嘴角，眼神柔軟下來。他把手上那疊文件整理一下，放到一邊，突然話峰一轉，說還是暫時放下公事，去吧臺喝一杯，放鬆一下情緒吧！

茹萍下沉的心往上提揪起來！「男人就是男人，再道貌岸然，也不會看不見我的紅唇與低胸襯衫。」這時茹萍確實需要酒精來幫她忘卻那賣不出去的鬼產品。她的頭腦、她的身體，都需要放鬆放鬆。眼前這男人長得並不賴，也許……。

兩杯馬丁尼下肚之後，男人牽著茹萍的手，很有默契地同她進她飯店的房間。二十分鐘後，這男子急忙穿上褲子，連招呼也不打一聲，打算逕自離去。茹萍還沉浸在他留在床上的體溫中，轉頭驚見男子就要開門出去了，她奇怪地問道：「上哪去？」本以為男人會回答出去買瓶酒來增添氣氛什麼的，沒想到他竟大言不慚地說：「我回自己房間去了！明早我在大廳等你，事情得談出個結果才行。」

茹萍努力不讓對方看出自己的失望與吃驚，故做瀟灑地回一句：「拜！」男子一把門帶上，她便將自己的頭甩回枕頭上，大罵：「他媽的！」

一整夜，她雙眼未闔，反覆思忖一切過程：「是不是我的床第功夫太菜了？還是他不喜歡我的體味？該死！應該換上新買的紅色蕾絲性感內衣的！」

第一次，茹萍有了悔恨與不甘的情緒，「好個大男人！做愛也不顧女人的感受。」轉念又想：「這麼自私的男人，事後的冷漠不一定跟我臉上的魚尾紋或微凸的小腹有關吧？」茹萍想破頭也沒有一個結果，只能在心裡安慰自己：「還好不是每個男人都是這副德性！」

不是每個男人都是這副德性，但是茹萍碰到的「沒品」男人也沒有就此打住。溫柔對待的有其人，但是最長也是一夜，多的功夫也沒有了。再來便是那些粗魯，快速了事、也快速失去將就與體貼的典型，說再見之後，你不會希望再在路上碰上的那種人。原本茹萍還慶幸那些男人不拖泥帶水、牽扯不清的灑脫。現在，前戲的匆促讓她感到太過單刀直入；男人們揮揮衣袖的身影，又顯得有點殘酷！

紳士風度也好、粗糙無禮也罷，令茹萍漸漸感到不安的，是那種一切可預知的沮喪：在酒吧間的目光傳情、牽手撫摸之後，就是飯店房裡的激吻、脫衣，他的手會先在她胸前揉搓，然後飛快下探到她的裙底。再接下來便是雙手一推，半裸的她應聲倒在床上，儘快卸下腰帶西裝褲的他再壓在她身上，兩人捲起麻花，一陣廝殺。

二十至四十分鐘（依男人的年齡而定）之後，只見兩具疲憊、不相干的裸體，各自望著天花板，距離千萬里。

有一次在朦朧間，茹萍彷彿跳出自己的身體，站在飯店的衣櫃前看著這熟悉的一幕。她不太認識自己，更不認識躺在她身邊的男人。房裡汗臭混上香水與精液的怪異味道，令茹萍感到一陣骯髒刺鼻與噁心。她瞧瞧自己肥大又充滿皺折的臀部，心裡質疑：「這男人真的不覺得這樣的臀部有礙觀瞻嗎？」

起先，調情時的含情脈脈、讚美溫柔，像一個被吹大的氣球，遮掩了做愛時的草率與完事後的疲憊。但是，這是她的第幾個男人了？漸漸地，模糊卻肯定地，先前的那個柔情大氣泡在一點一滴消氣，逐漸膨脹明顯的，是那些陌生男人留下的鄙夷、任性與毫不在乎。

有一個聲音在茹萍心中咆哮：「什麼時候，我成了免費的妓女?!」

她不僅覺得自己像妓女，也被那些男人在完事後如此對待。想到此，她幾乎不敢去瞧飯店房裡那片落地鏡中的自己。她怕那團裸體以及一臉等待男人愛撫肯定的表情，會讓她完全失去對自己的尊敬。

弔詭的是，茹萍越是覺得被粗魯、草率對待，就越是急於尋找下一個一夜情的目標。她想要抓住男人的追求、仰慕，那種讓她心花怒放的感覺。

只是，為何這種感覺總是如此短暫呢？茹萍明知那些含情脈脈的眼神焦點，不在她的智慧、她的性格，不在她這個人。男人如此大費周章，目的只在她的裙下！

但是，她發覺自己已經停不下來了！因為停下來，就是向自己年華老去的外表低頭；停下來，就是承認四十三歲的女人已經不再性感有魅力。而且，最主要的，是她已經不知道要怎麼回頭，如何再去過以前那種單純，啊！潔淨的生活了！

出差，成了茹萍無止盡的搜尋男人之旅。一夜情，變成羞辱的可怕詛咒。

那天天氣灰澀陰沈，寒風夾著細雨迎面撲洒過來。茹萍在下班的路上買了一塊牛肉回家，準備熬湯。七歲的女兒在客廳地上摺紙飛機。茹萍將一切準備就緒，圍上圍裙，開始在砧板上處理起肉塊來。

一大塊十斤的紅肉，摸在手上，沉甸滑溜，早已沒了感覺生息，卻惹來滿手的腥臭鮮紅。茹萍舉起菜刀，一剁一切、一丟一洗，一剁一切、一丟一洗……，她想到自己在那些數不清的男人眼中和手中，是不是也就是這麼一塊沒有生命、沒有名字的肉，有令人噁心的肥油，污穢沾手，最大的功用，不過是填補一下飢腸，消化之後，就是一團廢物?!

想著想著，她開始使勁揮動手中的菜刀，猛狠紊亂，恨不得把那一大塊肉給砍死、剁爛……!

這時女兒做的紙飛機在空中打了一個迴旋，落到這片鮮血模糊的砧板上，是從過期雜誌上撕下來的紙張。映入茹萍眼簾的，正是兩性關係專家的「忠告」，一排驚悚的字：「愛情有很多種，不用侷限在一個男人身上。這是你的人生，要怎麼過是你的自由—不要犧牲自己，要對自己好一點！」下面一行小字則是那位女強人的話：「背叛丈夫，是我快樂的秘訣。」

「是嗎？是嗎?!」茹萍吼叫出來，淚水與鼻涕混進那片血肉模糊中，「妳這個齷齪的女人……！」

她跌坐在地上，搥胸頓足，嚎啕至幾近昏厥。

# 敵人

## 1.

十二月一日，入夜之後沒多久，法蘭克拎著兩套上班穿的西裝，走出家門。妻子尤塔從他身後追喊過來：「喂！那一堆放在地下室的箱子呢？」法蘭克站在車邊，扶在車門上的手有點顫抖。如果氣象報告說得沒錯，現在的氣溫應該是零下七度。「我有空再來拿！現在沒有大車……。」法蘭克疲憊喪氣地說，空洞地望著自己嘴裡吐出的白煙。

「我警告你，我不會讓那些鬼東西堆在那兒一年！」

聽到這話，法蘭克有點冒火了。但是他實在沒有精力再跟妻子爭辯，今天在辦公室工作了十個小時，人事變動、研究計畫、開會通知等等事情，已經把他搞得精疲力竭。況且他跟尤塔不一樣，他不想把家醜攤在眾人面前，把夫妻之間的爭執說給左鄰右舍聽。在這個等待聖誕降臨的十二月天，別人家外面裝飾的是彩燈、屋裡則是陣陣烤餅的肉桂芳香，何必去破壞這個溫馨的氣氛？

他坐進車子裡，把怒氣表現在用力甩車門上。才要啟動，尤塔跑過來槌打車窗，法蘭克按開窗戶，心想：「這回又怎麼了？」只見尤塔眼露凶光、殺氣騰騰，伸長著一隻手，沒好氣地索要：「鑰匙！」

這下法蘭克真的火大了！這個女人，一定要什麼事都這麼逼人太甚嗎?!他伸手入褲袋，激動的情緒加上將近一米九的身高擠坐在空間不大的車子裡，讓他摸索了半天。又因為厚重的毛外套使得動作受阻，搞得他滿臉通紅，像鼓脹的氣球，幾乎要爆炸！好不容易抓出一串鑰匙，他氣急敗壞地解開家裡大門的那一把，憤怒地朝窗外丟去，隨即關上車窗，呼嘯而去。

尤塔在門前的矮樹叢裡找到法蘭克丟出來的鑰匙，撇開額前散亂的頭髮，以傲然勝利之姿走進屋裡。只見馬文和以莫——他們的兩個兒子，面無表情地倚在牆邊。尤塔搓抹掉鞋子上的泥，把房子的鑰匙亮在兒子面前。「他進不來了！」她的聲音像在示威。接著又想故作輕鬆地說點什麼，但是喉嚨彷彿被大石頭卡住一般，她一個字也吐不出。經過兒子身邊時，她胡亂地摸摸他們的頭，然後在眼淚掉下來之前，大步快跑上樓。

小兒子以莫懶懶地走向沙發，一屁股癱坐下來。大兒子馬文站在樓梯邊，一個頭無力似地垂放在扶手上，呆若木雞地聆聽樓上傳下來的，母親隔著房門的號啕。

## 2.

這是法蘭克和尤塔正式分居的第一天。早在八年前，尤塔就在朋友面前宣告：「我對他失望透頂，根本不打算和他一起終老！」最讓她憤恨不平的，是法蘭克在事業上平步青雲，但是她卻被孩子們綁在家中。那時他們剛剛從家鄉北德搬到南德來，法蘭克在鄰國瑞士的一家大製藥廠工作。由於他在生化領域的專長，再加上蠻幹的熱勁，在公司裡備受重用。

尤塔不甘心整天悶在家裡。在她的想法裡，只處理柴米油鹽、家務及孩子的瑣事，對她而言簡直是大材小用。對於那些安於家室的家庭主婦們，尤塔覺得既不合潮流，又有點鄙夷，骨子裡認為她們皆是不求上進的無用之人。

她認為丈夫和她平等平權，法蘭克有辦法在工作上做得有聲有色，她為什麼不行？「我們結婚時，兩人是站在同一起跑點上的。我也有機會像他一樣去發展事業，但是他把孩子、家事全丟給我一人，結果你看！我都快四十歲了，仍然被孩子綁在家裡！……最可恨的是：法蘭克一點也不支持，我簡直無法信賴他。叫他去參加家長會，他要加班；孩子慶生，全靠我一人張羅，他到客人都快走光時才回來；要他修理一個燈，等了一個月連燈泡都還沒買；連學校的園遊會他也姍姍來遲……。」

她最看不慣法蘭克拎著公事包、拖著輕便的行李，瀟灑自若地飛美國、加拿大，或澳洲出差。雖然法蘭克不會要求尤塔替他打理旅行箱或熨衣服（因為說了也是白說，還會惹來她更多的牢騷和怒氣），但是尤塔只要看見法蘭克穿著西裝筆挺出門，而她卻蓬頭垢面，一隻腳還被兩歲的、吃著奶嘴的以莫拖著，她就認為法蘭克在向她炫耀、示威。

對於丈夫的早出晚歸、加班，或因為公司裡臨時的狀況而隨時待命，尤塔一點也不諒解。年終時，法蘭克獲頒優良員工獎，獎金外加禮券和禮物。看見丈夫春風滿面的樣子，尤塔不僅沒有與有榮焉，還潑了他一頭冷水：「笑死人！要不是我在家給你做牛做馬，幫你帶孩子，你會有今天?!」

八年後，法蘭克的職務做了三級跳，配合著博士後頭銜，每月的薪水扣掉醫療和退休保險等固定支出，淨收入仍然足足有五千歐元。孩子從包著尿片、吸著奶嘴，到現在個頭和一米八的尤塔一樣高了。但是他們的婚姻，卻像土石流後山坡上半倒的樹，更加搖搖欲墜。

法蘭克因為工作繁重，有時在週末時仍然盯著筆記型電腦，苦思解決方案。他實在沒有額外的精力去處理夫妻之間的問題。尤塔的張牙舞爪、絮絮叨叨，對法蘭克來說就像默片一般，在眼前掠過。但有時候尤塔的抱怨也正中下懷，剛好讓法蘭克找到藉口，把在公司裡的沮喪、挫折統統發洩出來。兩人彼此破口大罵、互相指責。

大體上來說，這種針鋒相對的局面，末了還是女人佔上風的。法蘭克即便有猛烈的爆發力，終究不敵尤塔的耐力，能用嘴巴當機關槍，連續半個鐘頭不斷掃射。常常，法蘭克不是躲到地下室去喝悶酒，就是向尤塔妥協，順應她的要求。

尤塔說：「我每天要接送孩子上下學，另外還有馬文的鋼琴、以莫的大提琴課，誰送他們去呢？還不是我！我就是他們的媽媽計程車！你不知道馬文學校對語言的要求有多高嗎？每個禮拜有背不完的英文和法文單字，而且他的德文原本就不好，拼字爛得一塌糊塗，也得練！如果我不盯著他，他早就留級，或者被迫轉學了！你看，你看，」尤塔翻開馬文學校每週要考的語言測驗。「這不是要我的命嘛？我告訴你：我整天幫他背單字就夠了，什麼別的事也別想做！你要是不想你兒子丟人現眼的話，就在星期天幫他補習功課。我已經陪了他們五天了，難道不該由你接手？你這爸爸是當假的嗎?!……還有，冰箱空了，星期六你得負責去買菜！」

於是週末法蘭克在家，除了妻子凶惡不滿的態度之外，還得面對因為替孩子加強課業所產生的父子衝突。有一個週日下午，住在兩條街之外的朋友打電話約法蘭克去跑步，兩人約好五分鐘之後在巷口碰面。結果朋友才剛要踏出家門，電話鈴響了。法蘭克在電話那頭沮喪又抱歉地說：「尤塔不放行，馬文的法文還沒練習好……。」

## 3.

馬文和以莫對家裡吵吵鬧鬧的情形已經習以為常了。事實上，自他們有記憶以來，家裡似乎就不曾有片刻安寧。唯一的一次，是三年前爸爸利用出差到美國的機會，順便帶全家去西部黃石國家公園，以及印地安人保護區遊玩。那時母親臉上偶爾還會出現笑容，但是一回到德國，前腳才進家門，爸媽又為了誰應該整理行李大吵特吵起來。

馬文和父親之間，總是蘊藏著一分緊張關係。一來他是長子，發育、學業與升學等等問題都首當其衝。二來他生性敏感，極富想像力，父母之間的爭吵與衝突，讓他時時有一股莫名的不安全感。母親的每一句抱怨、嘮叨都烙印在他心中。他覺得自己必須提高警覺，隨時觀察父母之間的所有動靜，以便及時採取行動。至於是什麼行動，他自己也搞不清楚。從幼稚園起，老師就認定他是個過動兒，調皮搗蛋愛惹事，沒有一刻安靜。上了學之後，他更是無法定定坐在位子上，最多十五分鐘，他就開始東張西望、咬鉛筆，或是敲桌子。

尤塔帶他去做了許多測試，堅持孩子的躁動是因為智商高，無法適應單調無趣的上課方式。於是要求學校採取相對的因應措施，讓資優生得到妥善的輔導與訓練。但是校長和老師並不以為然，他們認為馬文雖然算得上早熟，卻搆不上可以跳級的天才。因此尤塔也和校方宣戰，落得馬文從公立學校轉到私立學校的命運。

轉學之後，馬文一樣適應不良，不僅成績開始走下坡，還頻頻生病。因為病假請得太多，老師約家長面談，尤塔便趁機發表對課表的不滿、質疑老師打的成績。私底下，她憤恨地指責老師們都缺乏責任與耐心、上課不認真、對學生的認識不深、沒有一點愛心。折騰了兩年，公、私立學校都嘗試過了，尤塔在仔細斟酌花費與效用之後，最後又把馬文轉回免費的公立學校。因為，「我是白痴嗎？每個月花大筆鈔票去給自己找麻煩?!」

因為自己給母親增添的難題，馬文也覺得很困擾。但是受到母親的影響，他也認為問題全出在老師和校方身上——至少他希望是如此。轉學對他來說，雖然立即擺脫了課業重、成績趕不上的壓力；但是到了新班級，他依然覺得自己是個異類。下課時偶爾會有同學在缺人時找他一起踢足球，但是卻沒有一個和他走得近的朋友。個子比同齡孩子高出一個頭的馬文，走起路來總是駝著背、低著頭。

以莫從來都是父母親的小寶貝，和父親的關係尤其親近。小時候，只要家裡有客人，他就把父親的大腿當寶座，坐在上頭，眨著長長捲捲的睫毛、露出迷人的笑容。他的學習能力強、領悟性高，沒有哥哥在學業方面的問題，而且個性外向，交遊廣闊。

但是這次父母鬧分居，就連以莫也站在母親這邊。他整天聽母親數落父親的不是，算計著分開後金錢的處理與時間上的自由，他精明的腦袋告訴自己：戰爭時要選邊，我得站在優勢這邊。於是，有一次當法蘭克不顧尤塔的阻擋，堅持要上樓拿東西時，以莫竟然張開雙臂擋在樓梯口，跟父親大吼：「不准你上樓！」被孩子這麼一吼，法蘭克一個大男人的顏面盡失。他憤怒地舉起手，想一巴掌甩過去。這時尤塔跑過來大喊：「你敢動手，我馬上打電話叫警察！」即時用責罵與威脅制止了法蘭克動粗。以莫再一次目睹母親佔了上風，不站在她那邊，要站在哪一邊呢？

尤塔的這招管用，是因為她已經試用過了。有一次法蘭克加班到晚上八點，才一踏進家門，尤塔就冷言冷語說：「哼！講話跟放屁一樣，還說要回來幫孩子練習報告！」法蘭克這才想起：前一天他答應馬文，今天下班要跟他一起看一遍他的物理報告，給他一點建議和指正。這下他顧不得晚餐還沒吃，連忙換下衣服，把馬文叫過來。

「你的海報呢？」法蘭克準備先把時間給兒子。還等不及馬文回答，尤塔就搶先說：「現在再來搞有用嗎？你沒看見他已經換好睡衣準備睡覺了?!」這時法蘭克的愧咎轉成自我防衛，他辯解道：「晚一點回來又怎樣？我公司臨時有事……。」

「有事、有事，你哪一天沒事?!」尤塔反唇相譏。「公司沒你就要倒閉了嗎？」

法蘭克不再回應，轉頭沒好氣地跟馬文說：「海報拿來啊！」

馬文回房取出做好的海報，才要攤開，尤塔憤怒地走過來一把將海報從馬文的手中搶走，同時瞪著大眼對法蘭克說：「要嘛你就準時回家，要嘛你就別搗亂我們的生活秩序！」法蘭克工作過度的腦袋受不了這種疲勞轟炸，憤怒地伸手想把海報搶過來。兩人在爭搶間，海報被撕裂了一角。

馬文驚叫地大哭，法蘭克也不小心用手肘撞擊到尤塔的臉頰。

尤塔眼冒金星、火冒三丈。她執意認為法蘭克是故意攻擊她，於是三步併兩步，跑到電話邊，打電話叫警察……。

半個鐘頭之後，一輛警察車停在他們家門口，法蘭克已經不見蹤影。他在尤塔掛下電話之後，就很不可思議地、傷心絕望地搖著頭跑了出去。尤塔向警察描述了她的版本，還指著紅腫的臉當證明，說丈夫有暴力傾向，對她和孩子造成威脅。警察做了筆錄之後，留下青少年福利局和婦女之家的電話號碼，告訴尤塔有需要時，還有這些機構可以洽詢幫忙。

那一晚，馬文和以莫張著大眼躺在床上，直到聽見父親的開門聲才鬆了一口氣。瞄了一眼牆上的投影時鐘，已經是夜裡三點二十分。

## 4.

法蘭克搬出去之後兩個多月，在一個星期六的下午，尤塔打好粉底、塗上新買來的水藍綠眼影，再加上粉紅色的口紅。她決定邀住在同一社區的漢娜去散步。漢娜的老公在家從事自由業，收入遠遠不及法蘭克。但是漢娜卻沒有出去找工作、賺分薪水好補貼家用的打算。尤塔看她每天在家料理三餐，陪孩子作功課、整理庭院，嘴上說是佩服她，事實上是打從心底看不起她。但是這回尤塔若不去找她，好像也想不出、找不到任何其他人會有空陪她出去走一圈了。

「最近都在忙什麼？好久沒看見妳了！」漢娜關心地問。

「法蘭克搬出去了，妳知道吧？」尤塔開門見山地說。

「什麼?!什麼時候的事？」漢娜掩不住驚訝。

「十二月一號。」

「啊，聖誕節之前?!難怪，我也好久沒見到法蘭克了……。」漢娜一時不知該說什麼才好。

「我現在好輕鬆、好享受！」尤塔揚起頭，乾笑了幾聲。

「是嗎？」

「妳不知道，這樣生活簡單容易多了！我不用聽他的冷言冷語，也用不著配合他的時間，大家相安無事。」

「孩子們怎麼說？」

「他們也認為這樣比較好！」

「真的嗎？」漢娜不敢相信自己的耳朵。

「當然！一個不講信用的爸爸，還不如沒有的好！……這次我是徹底死了心了，與其彼此折磨，不如分道揚鑣。」

尤塔的話讓漢娜不覺打起哆嗦，她下意識地將衣領拉高。二月的風吹得人臉頰發痛。

「上禮拜他又耍老把戲了，」漢娜還沒從驚嚇中恢復過來，尤塔又繼續說。「明明說好星期二他要來替以莫修理腳踏車，結果我們等啊等，他人沒來也沒來電話。星期三傍晚他老兄突然出現在門口，拿著工具箱說要修車。『對不起！』我說，『我們約的是昨天！』他倒好，自己爽約還有理發脾氣，臉皮真是夠厚的！」

「也許是他工作壓力大、累了。『拿人的手軟』不是嗎？這年頭，上班族都得隨時待命，或許他臨時有任務走不開，所以才會改時間。」旁觀者清，漢娜沒有尤塔的情緒反應，反而能替法蘭克找到一些理由。

「他如果不會處理自己的事情，那是他的問題，」尤塔不僅不買帳，還跟漢娜大吼。「我不需要照顧他這第三個小孩！……他回到家只會綳著一張臉，對任何事都不滿意。這婚姻早就沒有前途可言了，只可惜我們沒有早一點分開。」

「他搬到哪去了呢？」漢娜需要多一點資訊。

「離市中心不遠。二房一廳，停車位加上清潔工……。他還蠻會享受的。」尤塔的臉像要吃人的獅子。「我早就跟他說：『要嘛你搬出去，要嘛我搬出去，這樣過日子不是辦法。』」

「他怎麼會有時間去找房子？」漢娜和法蘭克雖然不熟，但是她至少知道他沒日沒夜地被工作纏身。好歹也朋友一場，這會兒她想像他在寒冷的十二月天獨自搬家，聖誕節可能還一個人孤零零地過，心裡實在同情。

「管他！」尤塔的思緒顯然和漢娜的沾不上邊。「我跟他說了好久，要他搬、要他搬！他一直說找不到房子、找不到房子。結果，有一天我突然發現保險公司、銀行、學校的信件統統不來了！原來他老兄先去改了地址，全世界都知道他要搬到新住處，只有我最後才被通知。」

「你們的房子還得付貸款不是嗎？」漢娜知道這住宅區的漂亮房子，一幢新過一幢、一幢比一幢摩登。屋主們開著拉風的汽車上下班，週末在院子裡喝香檳酒開派對，表面上很富足享受，事實上他們所擁有的這一切，絕大部分都歸銀行所有。哪天房貸或車貸付不出了，銀行一定準時來家裡報到。

「房屋貸款每個月八百六十歐元哪！嘿！他數學不錯、會算，知道他一人搬出去的花費會比較低。現在他那兒的租金每個月也得將近七百歐元，但是如果是我和孩子搬出去，那二房一廳哪會夠？」

「這樣長久下去也不是辦法。」

「看著辦吧！反正他必須付足夠的贍養費，否則我讓他吃不了兜著走！」看見漢娜皺起眉頭，尤塔理直氣壯地說：「本來就是啊！他錢若付得少，那麼我就得出去工作，到時候他就得花更多錢請人來帶小孩。妳以為保姆便宜嗎？」

漢娜搖搖頭。

「就是說啊！馬文已經要買大人尺寸的衣服了，在學校吃一頓午餐要三歐元，還有交通費、愛迪達運動鞋等等等等。……我跟妳說真的，這些開銷，沒足夠的錢哪行?!」

「妳不是一直想出去工作的嗎？孩子現在都已經上學了，平常讓他們自己在家待個半天應該不是問題。」漢娜不明白尤塔真正想要的是什麼？

「什麼？」尤塔的聲音又大了起來。「男孩和女孩不一樣的！男孩子的花樣很多，讓他們自己在家，他們就會想出各種各樣沒大腦的把戲。上次以莫竟然把微波爐搞得大冒黑煙，差點把房子給燒了！而且，半天的工作收入少，還會給法蘭克藉口少付點錢，根本划不來。再說，孩子放長假時怎麼辦？」

漢娜沈默不語。她自己只有兩個女兒，乖巧懂事，從來不用她操心。至於那些贍養費的計算，她既沒有概念，也沒有興趣。

尤塔談話時，是不在乎別人有沒有反應的。這下話題轉到金錢上頭，她更是停不下來。「叫我去做每個月四百歐元的工作，當個中低收入戶，領社會救濟金，我才不幹！他如果跟我耍花招，不付錢的話，那對不起！

我只好搬回北德去，那兒像我們這種學社會教育的人比較好找工作。到時候，我可管不了孩子轉學、適應的問題，他也別想可以常常看到孩子，我可顧不得他的方便！」尤塔鼻子裡冒著白煙，配上激動憤怒的表情，活像隻噴火龍。

「孩子的監護權呢？」尤塔的話讓漢娜想到這個實際的問題。

「現在德國的離婚法改成父母雙方共同持有監護權，」尤塔非常洩氣。「不過，如果法蘭克還是這麼我行我素、不願配合的話，我就打算訴請單獨持有監護權。」

「這是什麼意思？他不准見小孩了嗎？」漢娜臉上不露痕跡，但是心裡對尤塔的想法和作法非常不以為然。

「他會有拜訪權就是了。」

「只有拜訪權?!」漢娜很替法蘭克抱不平，想跟尤塔理論。但是一來她不願與尤塔正面衝突，二來她反正也插不進話。尤塔向來只需要一個垃圾桶，傾倒她心裡的垃圾。她只要一開口，就滔滔不絕，不管別人願不願意、或有沒有興趣聽。她來找你，從來不是為了詢問意見，或尋求幫助。

在附近的田野走完一圈，漢娜因為別人家的悲劇感到心情沈重，覺得自己這個垃圾桶的容量已經到達極限。走回尤塔和漢娜居住的高級住宅區之後，漢娜鬆了一口氣，心想：「終於快到家了。」正準備伸手和尤塔道別時，沒想到尤塔不願止住未盡的話題，乾脆地說：「反正我沒事，跟妳走回家吧！……啊！妳不知道他多可惡！一直到最近，我才發現每個月匯入戶頭的錢，只是他薪水的三分之二。還整天跟我哭窮，房子捨不得找工人來整修；我去學跳傘，他也意見一大堆，說我亂花錢。開玩笑，這錢好歹也有一半是我的！真是可惡透頂！他一個人，需要這麼多錢做什麼?!

「妳猜怎麼著？馬文前幾天在他爸的公事包裡找到一張帳單，上頭標寫著：史特勒對史特勒。好笑吧？就像電影『克拉馬對克拉馬』一樣，是離婚的訴訟案件。只不過是諮詢，他就付了律師兩百五十歐元。也就是說：他現在的一舉一動，都是有目的的；他知道自己在做什麼。

「可笑的是：」尤塔大氣不用喘一口。「他還說他從來沒去找過律師！睜眼說瞎話！我看這男人，是連最後一點尊嚴都不要了。」

「反正你們必須分居一年才可以訴請離婚，也許事情還能有轉機？」想到馬文及以莫，也是母親的漢娜始終不願意放棄希望。

「我是死心了！將來要是再愛上誰的話，只當男女朋友就好。我可沒興趣再去依賴誰！」

這下漢娜方才明瞭尤塔今天臉上一反常態的粧所為何來：她準備再度進入求偶市場了！

「真的！」尤塔點點頭，還沉浸在自己方才的「男女朋友說」裡。然後突然迸出一句英文：「No more fairy tale! 我現在要開始好好享受新人生。誰知道五年、十年之後我會在那裡？人生這麼多未知數，要把握機會好好犒賞自己才是。」這時兩人已經走到漢娜家門口，但是尤塔還是不願意走，開始談起哲理來。「反正，人都有一死，問題是，死前你得設法讓自己過得好一點，我沒興趣再去跟他耗時間！

「下週末輪到他看孩子，馬文和以莫根本不想去……，我想是有好戲可看了！」尤塔似乎有點幸災樂禍。「再過不久就是復活節。妳知道法蘭克他們家族傳統上會在復活節時團聚。我已經跟孩子們說了：要嘛跟爸爸回北德看爺爺奶奶，要嘛我就送他們去假期營。我自己需要時間輕鬆一下，孩子老是黏在我身上，我可不答應！」

漢娜正想著該如何脫身、結束這個無止無盡的惱人對話時，丈夫似乎心有靈犀一點通，一把將大門打開，對太太說：「漢娜，晚餐準備好了。」同時很誠意地邀請尤塔一起進來用餐。

「不了！」尤塔客氣地回拒。「我得回去看看馬文和以莫在搞什麼名堂。」

才轉頭離開，尤塔想到漢娜一家，不屑地喃喃自語：「沒出息的男人！沒出息的女人！」

## 5.

回到家，屋裡空空蕩蕩、鴉雀無聲，馬文和以莫不見蹤影。尤塔踢掉腳上的鞋子，拖著佝僂的身軀走上樓。房間混亂一片，床上的床罩與被褥擠皺在一起。尤塔坐到梳妝台前，揚起眉毛、斜側著頭，檢視一下臉上的粧。

散了一趟步回來，臉上雖然紅暈了一點，但是眼影和口紅卻顯得有點突兀。說不上來是缺了什麼，鏡中的自己仍舊無法讓人滿意。會不會是因為下垂的嘴角、鬆垮的肌膚，還是沒有染好的頭髮？或許，粉底得再打厚一點，配飾得再多一點？她猛然打開抽屜，胡亂地搜尋那對和眼影同色系的鑲石長片耳環……。

今年她四十七歲。青春，可不可以慢點走？

突然她憤怒地站起來，衝到地下室，將法蘭克放在那兒的箱子抬到車子裡，然後踩上油門，直奔垃圾回收場……。她不知哪來的一股熱勁兒，連續開了七趟車，終於把法蘭克的「遺物」全數解決掉。

站在空無一物的偌大地下室裡，尤塔安慰自己：現在我終於有足夠的空間可以做健身操了！

她決定要在孩子去他們爸爸那兒度週末時，好好計算一下她該領到的贍養費、工作應有的薪水，還有就是未來的假期該把孩子托放在哪兒的問題。一切的一切，她必須細細思量、好好計畫，以免吃虧、做白工、便宜了法蘭克……。她想起他現在可能在新的住所逍遙，說不定還摟著年輕貌美的女人、喝著醇酒。越想越生氣，自己目前的這許多難題，不全都是他造成的嗎？真搞不懂自己怎麼能跟這種人一起生活了將近十五年，還生了兩個孩子?!

尤塔眼裡不禁泛起淚水。為了不破壞臉上的粧，她趕緊眨眨眼擠掉眼淚，忍不住向自己埋怨：「他媽的，為了這種人！」

現在的她再也不被他蒙蔽了，尤塔在心裡下定決心。從現在起，法蘭克是她的敵人，她必須傾全力去對抗他！還有，為著她在他身上浪費的青春、這些年所受的委屈、失去的機會……，她一輩子都不會原諒他。

# 應許

## 1. 一九六○年代末

蘭婷步履輕盈，一蹬一蹬跳上螺旋狀階梯。通常她總是拖著沈重的步伐，疲憊不堪；但是現在腳下像裝了彈簧，讓她乘著雲朵、順著風，飄飄欲仙。不知是否因為上樓的速度太快，還是一貫的貧血作祟，此刻的她有點暈眩。但是鏡中的自己卻雙頰紅暈，嘴角泛著淺笑。她突然覺得自己充滿活力，冉肖玲的小調不知不覺從她喉頭裡流洩出來。

原來他的聲音這麼有磁性——二樓的陳先生！他看她的眼神好專注、熱切，笑起來彎成兩條細細的新月，右嘴角斜斜上揚，誠摯中帶點壞男孩的調皮意味。

「嗨，妳好！」他首先開腔。「王太太是吧？我姓陳，住二樓，剛搬來沒幾天。」

「你好，歡迎！」蘭婷禮貌地點點頭，不知道為什麼有點緊張。

樓裡搬來一個新鄰居，蘭婷早有聽聞。那天她在市場牽著兩歲的女兒，蹲在地上挑選小卷時，三樓的張太太突然從背後一把將她拉起來，在她耳裡小聲地說：「這裡的小卷不新鮮，又貴！我帶妳去前面旺伯那邊買。」一邊說邊挽著蘭婷的臂彎，簇擁著她向前走，完全不顧小卷販的咒罵和瞪眼。

「我們這棟樓搬來了一個帥哥，妳知不知道？」張太太嘴動著，眼睛同時左顧右盼，物色今天市場小販提供的貨色。「咦！那件掛起來的衣服不難看……」她拖著蘭婷向人群圍繞的攤位靠近。「哦！怎麼是黑色的?!醜死了！我們走！……剛才說到哪？啊！對！帥哥。就是二樓嘛！房子不是空了好幾個月了嗎？昨天下午搬來了一個單身漢。怎麼？他搬家乒乒乒乓地，妳都沒聽見？」

「昨天下午我不在家，」蘭婷因為早上在菜市場昏倒，認定自己一定是營養不良，好生委屈，所以中午沒煮飯，帶著孩子回娘家給自己好好補一補。「不知道是不是因為太累，還是……」

「是做成衣生意的，好像在南港開了一間工廠……喂！聽說衣服還外銷到美國去耶！」張太太不等蘭婷把話說完，插嘴道。「嘿嘿，以後跟他買衣服要折扣……，鄰居嘛！妳說是不是？」張太太邊說邊吱吱笑起來，勾著包包的手肘頂了蘭婷一下。

蘭婷癟嘴苦笑，心想：妳家週末在夜市多賣幾百個蚵阿煎錢就有了，隨時添新衣不是問題；我們家老公才不管我穿什麼，他守錢守得緊，折扣再低都沒我的份！

「不過啊，」張太太又有話說了。「外省仔一個！」她突然噗哧一聲笑出來，「我問他的『某』呢？他聽不懂裝懂，以為我嫌他家具髒，說什麼搬家嘛，等一切搞完再『抹』！牛頭不對馬嘴，兩個站在那兒雞同鴨講了半天，快把我笑死了！」

「外省仔……」蘭婷想到自己的丈夫永裕。

「反正啊，以後我們這棟樓可熱鬧囉！」

「熱鬧」並不是形容自己生活最好的字眼，蘭婷想，「吵鬧」倒比較恰當。做不完的家務加上兩個稚齡孩子，常讓她感到精神不濟，閒下來就想睡覺。不過張太太的興奮多少也感染了蘭婷，像在索然無味的丸子湯裡加入麻油和青蔥，激發了觀者的期待與食慾。尤其單身男子的身分，總是莫名地讓人圍上一層神祕的色彩，不是嗎？

就在張太太「通風報信」之後三天，蘭婷趁兒子熟睡之際打算去開信箱，下到二樓時，陳先生剛好開門出來。兩人在樓梯間相遇，彼此的手臂不經意地碰觸，蘭婷竟有觸電的感覺。

「哦！對不起！」陳先生笑笑地說，在和蘭婷四目交接的時候，對她眨了眨右眼。

就是這眨眼動作，讓蘭婷心花怒放。她三步併兩步上樓之後，站在梳妝台前攬鏡自照：臉頰紅潤、一雙眼睛雖然單眼皮，但是細長有致；皮膚光滑，看不見任何青春痘或皺紋的痕跡。二十五歲的她身材窈窕、髮黑濃密、青春動人。不過兩天前，她穿著短裙坐公車，還被鄰座的歐吉桑摸大腿騷擾。

想來，對異性，她仍然具有相當的吸引力。

雖然她已婚；雖然她已是兩個孩子的媽。

似乎，全世界都意識得到她的美貌；唯一視若無睹的，是她的丈夫。

永裕來自廣東，因為家貧，十幾歲便從軍，跟著軍隊走遍大江南北。一九四九年國共戰爭時，在兵荒馬亂之中逃難到台灣。媒人到蘭婷家提親時，直誇這人正直老實，無不良嗜好。

「在公家機關做事哦！生活有補助津貼，收入穩定，還是鐵飯碗一個！」媒婆說得頭頭是道。「而且啊，」媒婆像洩漏秘密一樣壓低嗓子。「外省人，家人親戚全留在大陸沒出來。少了將來服侍公公婆婆的麻煩！」像菜市場裡賣魚的，抓起一尾活蹦亂跳的生鮮活魚跟你推銷，放棄了不買，可是你自己吃虧！

蘭婷看著媒婆帶來的照片，黑白的圖像裡是一個臉型方正、濃眉大眼，深邃的雙眼皮，笑得巒慈善模樣的男子——長得倒是不賴，見見面也無彷。而且，「鐵飯碗」、「不用照顧公婆」的誘惑力不能說不大。

見了面才發現此人個頭小，不是什麼高大英俊的白馬王子。蘭婷只要穿有跟的鞋子，馬上就把他給比了下去。一開口，更不得了！一口重重的廣東腔，馬上跟說閩南話的蘭婷一家有一層隔閡。然後，是他的年紀：比蘭婷大了十六歲有餘，算起來跟她的母親也差不了多少歲，雖然不能說是老頭一個，但也不年輕了。

這種種「缺點」，讓蘭婷在考慮這門親事時，沒有百分之百的欣喜與肯定。一見鍾情的浪漫感覺是絕對沒有的，但是也說不上討厭或嫌惡。因此當母親詢問她的看法時，她只是支支吾吾，模稜兩可。她對自己，說不上有太大的自信，那一點點自我價值感全都來自男人的恭維和奉承。雖然十八歲以後，拜託媒人來說親的人家不少，但是他們徐家人口眾多、家境不好，不夠資格攀龍附鳳、嫁入豪門。你對人家挑三揀四，人家也不見得理你。

蘭婷的母親已經漸漸失去耐心，拒絕了三、四家之後，她語帶威脅不耐地說：「挑挑挑，妳要挑到幾時？二十一歲了耶！再不嫁，難道妳想一輩子在家當個老處女?!」蘭婷被催促得心裡發急，越來越覺得已經沒有時間等待那位外表、家世、經濟各方面都符合要求，且能讓她心頭小鹿亂撞的完美人選。再加上想脫離貧窮、兄弟姊妹眾多的原生家庭，擁有一個屬於自己的穩定家庭生活的渴望，蘭婷點頭答應了這門親事。

婚後小兩口在台北青年公園附近租了一間公寓，一房一廳，採光好，還有個可以洗衣曬衣的後陽台。在添購家具時，開始了他們的第一次爭執。蘭婷發現：永裕確實無不良嗜好，但是媒婆沒提起的，是永裕對金錢的把持。說得好聽，是勤儉；說不好聽，簡直是一毛不拔！

新婚嘛！買些新家具是應該的吧？永裕可不！他不知道去哪裡弄來一個舊得不能再舊的沙發，座墊已破損，裡面的黃色海綿和早已經失去彈性的彈簧還隱約可見。永裕索性把彈簧拆了，鋪進一塊木板，再把外層的仿冒皮釘上，硬是把沙發變成了平板長凳，徒有沙發的外型，卻沒有沙發的舒適。蘭婷看得傻眼，爭不過他，只能憤恨地丟下一句：這個窮酸樣，怎麼好請客人來家裡坐?!

蘭婷有所不知：永裕壓根不喜歡家裡來客人，尤其不希望蘭婷娘家的人來訪。十多年前他一個人在戰火中九死一生，逃到台灣來，離鄉背井地，父母兄弟姊妹全不在身邊，早就失去了家庭背景能帶給人的任何支持和幫助。他賣過豆漿、做過魚販，也學著做西餅糕點。嘗試過各種小生意之後，終於等到電信局的公務人員招考。他從小就對電訊、收音機有興趣，於是買了一些相關的書籍埋頭苦讀，總算金榜題名。這些年，他的人生守則是：一切都要靠自己，不必要的關係最好避免或疏遠，以免麻煩。尤其大家庭裡的是非閒語多，要是真吵起來，他勢單力薄，蘭婷娘家人多勢眾，再加上他一口還不太標準的國語，怎能吵得贏?!

蘭婷對永裕的鐵公雞性格恨之入骨。對她來說，家庭成員的聯繫比什麼都重要。所以當她的哥哥開口向她借永裕剛買的那架相機時，蘭婷認為理所當然，還在心裡得意：這麼新潮的玩意兒，別人沒有，咱們家老公就有一台！借相機給哥哥，除了賺一份人情之外，還能炫耀自己的老公走在時代的尖端。

萬萬沒想到，原本的得意竟成了恥辱。永裕得知蘭婷洩漏他們買相機一事，大發雷霆。

「妳這個大嘴巴！不是交代妳不要說出去，現在麻煩來了吧！」

「什麼麻煩？不就借給哥哥嘛！他又不會把東西弄壞。好不容易交了個女朋友，借他拍個照做紀念，我們也不會少塊肉！」

「女人就是女人，腦筋想不遠，」永裕嘀咕。「今天哥哥借，明天妳妹子會不會借？借了這個人，可以不借那個人嗎？弄壞了怎麼辦？到最後，搞不好東西在誰那裏都不知道！」

「怎麼會?!你太誇張了吧！我娘家的人又不會賴你的東西！」

「不行，不能借！」永裕心意堅定，毫不妥協。

蘭婷氣得臉色鐵青。這下可好，面子掛不住不說，還得去編個理由解釋。自己嫁的是個什麼老公?!

老公對別人吝嗇也罷，對自己人也苛刻。他每週固定給蘭婷兩百八十塊的菜錢，還要求她鉅細靡遺地記帳：一條魚、一把蔥、一塊豆腐，通通都要記錄下來。蘭婷嫌麻煩，而且買菜回來忙著整理，還有孩子要照顧，哪能記得每一樣東西的價錢？結果未到週末錢花完了，蘭婷跟永裕要，永裕就要求看帳本。帳本？我哪有時間去記那些雜七雜八的東西！

沒記錄，永裕不願給錢。蘭婷覺得委屈，跟他大吵大鬧一頓之後，躲在被窩裡哭濕了一大片枕頭。兩人三不五時因為開銷、用度爭吵，終於蘭婷受不了老要跟永裕伸手要錢，還得解釋自己買了什麼菜、為什麼買那些菜的折騰，索性把結婚時永裕送給她的金飾拿去當舖當了。

奇怪的是，蘭婷不跟永裕要錢，永裕也絕口不問菜錢問題怎麼解決，照樣吃他的飯。直到他無意間在梳妝台前看見當票，然後發現首飾盒裡的金飾不見了蹤影，才氣得直跺腳！妳……，妳敢把我辛辛苦苦掙錢買來的金子拿去當了！這個愚蠢的女人，他們是放高利貸的吸血鬼妳知不知道？心甘情願去讓人剝削是嗎？妳有辦法把東西贖回來嗎？好！既然東西在妳手裡不安全，就別奢望我會再給妳任何值錢的東西！

蘭婷哭哭啼啼回娘家訴苦：這個外省仔，簡直虐待人嘛！「不給人家吃飽？就算不顧大人，也得念及小孩吧?!算什麼男人？」蘭婷的母親一邊炒菜，一邊皺眉頭。「……但是，怎麼辦呢？孩子都生了兩個，忍不住也得忍啊！」

怎麼忍？老公每天準時回家吃飯，晚飯就得準時上桌。蘭婷心裡嘔氣，但是怎麼樣也沒有勇氣不盡自己的責任義務。畢竟，她還得靠永裕養著，不是嗎？她知道自己的丈夫不是一隻哈巴狗，會在你跟前搖尾討好；她的丈夫是一個脾氣陰晴不定的人，有時候也不清楚他的眼睛瞄到家裡哪處不合他的意，他就整晚擺著一副臭臉，自顧自兒地聽他的收音機去。

## 2.

俊民在蘭婷身後一把將她抱住，在她耳鬢廝磨：「不要怕！我這兒很隱密，沒有人會來。」

他的氣息吹得蘭婷耳朵發熱，濕濕潤潤的舌頭舔著蘭婷的耳垂，兩隻大手在蘭婷的胸前搓揉；一張嘴，順著蘭婷的脖子親吻下去。蘭婷仰頭呼出一口氣，不禁閉起眼睛。她全身的細胞頓時活躍起來，身子不聽使喚地配合俊民的撫摸蠕動，鼓舞著他，像在說：我要、我要！

她從沒享受過這種激情、這番銷魂忘我的滋味。這男人在把玩著她的身體，而且把玩得多麼有技巧！或捏揉、或輕劃、或吸吮，不急躁、不躊佇；不過猛也不草率。蘭婷完全沒有抗拒的能力；或者說，她根本不想去抗拒。俊民像跑百米一般，臉紅心跳，他那陶醉的呻吟，更加挑逗蘭婷的慾望。若不是左鄰右舍住得近，樓上有張太太的長舌，樓下又有在陸軍任職的柯軍官的長耳，蘭婷真想在達到高潮的那一剎那大聲叫喊出來！但是兩人在爆發的那一刻，都非常有默契地互相埋在對方的臂彎裡，然後，像兩個做壞事卻沒被逮到的小孩，捂著嘴嘰嘰嘎嘎地笑起來。

喘息間，蘭婷透過半掩的房門看見客廳牆角的電視機。雖然俊民把窗簾全部拉上，但是午後的陽光穿透紅色的幕簾，如聚光燈一般把那台像個厚實的木櫃、有著四肢長腳，兩扇拉縮門的機器突顯出來。

「咦！你有一台電視啊？」蘭婷的語氣中透露著欣喜。

「是啊！上個禮拜才送來的。你們家沒有？」俊民明知故問。

「別提了！」蘭婷想起來又是一肚子氣。「你知道三樓的張太太吧？」蘭婷刻意把音量降低，「他們家也剛買了一台，呦！瞧她那副得意勁兒！開口閉口都是雲州大儒俠史豔文，再不然就是楊麗花的歌仔戲。有時我在家悶得慌，下樓去串門子，順便看電視。可恨的是：每次都沒等我看過癮，就得趕回家煮飯。」

「幹嘛？妳家那口子不准妳看電視啊？」

「還說呢！我跟他說，人家張太太一家吃飯都圍在電視機前，一直看到收播，消息靈通得很，多好！白天我一人在家帶孩子，有台電視也可以消遣消遣。要他買一台，他還罵我神經病，說我不懂電視機的價錢，是不是打算三個月不吃不喝？」

「我猜他大概就是買不起。公務員的薪水，跟我們做生意的不能比！」俊民語帶輕蔑，刻意表現自己的優越。

「不是！他自己喜歡攝影，照相機再貴他都願意買，還花大筆鈔票去沖洗、買底片。我天天在家給他乖乖做飯，他也沒本事給我弄一台電視來！給他做牛做馬，只要求這麼一點娛樂他都沒辦法！」

「確實挺自私的。」俊民在旁搧風點火。

「說什麼看電視浪費時間，一台機器這麼大，白佔空間。妳還不如帶孩子多出去走走！笑死人！佔什麼空間？你沒看過我們家，連個像樣的家具都沒有，空間多得是！反正只要是他喜歡的，就可以！我要求的，他就不管！」

蘭婷越說越氣憤，聲音不覺大了起來。俊民很熟練地用兩巴掌夾住蘭婷的雙頰，把她的臉移過來，再用嘴貼上她的兩片厚唇。「沒關係，給妳一把我的鑰匙，想看電視的時候，隨時下來看，哦！」俊民輕柔體貼地說，隨即一隻手又伸入蘭婷的胯下，逗得她花枝亂顫、淫笑不斷。

## 3.

算命的說，她命中註定要結兩次婚。

洪半仙的算命攤子擺在菜市場的尾端，蘭婷每次經過，都被他緊盯的眼神搞得很不自在。懷老二大著肚子時，有一次蘭婷聽見賣菜的歐巴桑跟顧客說：洪半仙不愧是神仙，料事如神！她的一個親戚就是因為半仙的預言，待在家裡一整天不出門，躲過了一場車禍。

蘭婷捏著手中僅剩的一點菜錢，估算著如果買了高麗菜，就不夠錢買絞肉煮佛跳牆。想到永裕的刻薄樣，她一時怒火中燒，決定把錢拿去算命，問問肚子裡的孩子是男是女。蘭婷知道永裕重男輕女，如果這胎生個男孩，也許他會出手大方一點，而身為孩子母親的蘭婷，說話也會比較有份量。

走向騎樓下的小角落，洪半仙的攤位只放著一張木桌、兩把椅子，桌邊豎立一塊木板，上頭畫著滿是黑點的人面和複雜紋路的手掌。蘭婷一現身，洪半仙就一臉嚴肅地看著她。

「這位太太的氣色不太好，要不要解解運、趨吉避凶？」

蘭婷坐下來，說看看手相吧！沒想到洪半仙抓著她的手，抬起鼻樑上的眼鏡，眉頭越皺越緊，嘴角越垂越低。「這位太太，孩子的老爸對妳不好，是吧？」

這下換蘭婷皺眉了。她本能地環顧四周，希望沒有被菜市場裡的三姑六婆聽到。在大庭廣眾下談論她的婚姻，令蘭婷覺得有點丟臉，好像髒內褲被展示在眾人面前。她想把手縮回來，洪半仙卻一拍桌，搖搖頭，聲音低沉地說：「妳命帶桃花，註定會有兩個丈夫！」

蘭婷本想問肚子裡的孩子健不健康、能不能大富大貴，現在卻被告知會有兩個丈夫！看著洪半仙一臉嚴峻的表情，只恨身上沒有多餘的錢問個詳細。蘭婷半信半疑地離開算命攤，洪半仙的話從此像麥芽糖一樣，黏在她的腦袋裡。

三個月之後，女兒跟鄰居小孩玩耍，不小心跌了一跤，褲子破了一個大洞，哭得像個淚人兒。蘭婷抱著她又親又哄，說改天媽媽帶妳去買一條新的褲子，粉紅色的，有白雪公主在上面的好不好？女兒聽見白雪公主，頓時忘了膝蓋還流著血、痛著，點頭直說：一定哦！

晚上蘭婷跟永裕提起買褲子一事，希望他下禮拜多給一點錢。結果永裕把女兒的褲子要來審視了半天，最後說：用不著買新的吧？妳不會縫嗎？小孩子長得快，衣服穿不了幾次就太小了。下一胎如果是個男孩，現在買條粉紅色的褲子，到時候沒人穿，多浪費！

蘭婷只恨自己學不乖，明知跟老公要錢就等於要他的命，幹嘛自找罪受？一口氣悶在胸口使不出來，隔天再經過洪半仙的攤子時，便毫不猶豫地把椅子拉開坐了下去。

「上次你說我會有兩個丈夫，是怎麼回事？」蘭婷直接把手掌攤在半仙的鼻子下。

洪半仙得勝般竊笑，「天機要洩露，得有相當的代價。」

「這條項鍊夠不夠？」蘭婷解下脖子上的細金鏈，是她僅剩的首飾。

洪半仙接過鏈子，順便打開蘭婷的手掌。

「這位太太，妳的姻緣線很亂，星丘不明顯，如果早婚，是最不好的組合。」

「幾歲結婚算早婚？」

洪半仙打探了蘭婷一下，「二十五歲之前都不太好。」

「糟糕，我二十二歲就嫁了。」蘭婷本能地皺緊眉頭。

「妳和現在的丈夫緣份淡薄，註定不長久。」洪半仙知道自己的話進到蘭婷的心裡去了。

「那下一段姻緣怎樣？」

「嗯……，」洪半仙再次接過蘭婷的手，再次把眼鏡架高，鼻子低到像要聞蘭婷手上的氣味。「照這手相看來，感情線末端碰到木星丘的中央，表示妳是一個極端浪漫的人；分支延長下垂與生命線相切，說明有一個不愉快的童年……手掌的肉又很厚……」洪半仙停頓下來。

「然後呢？下一段婚姻會怎樣？」蘭婷覺得半仙的話確實滿準的，便更加急切地想預知自己的未來。

「頭腦線還算可以。妳的第二個丈夫會比較好相處，錢也必較多……。」

離開算命攤時，蘭婷說不出心情是好是壞。對永裕的怒氣像找到了發洩的出口，有一種復仇似的快感。但是離婚再嫁？可能嗎？去那兒找男人？孩子怎麼辦？

那天之後，王家的生活照常運作，蘭婷一樣買菜燒飯、洗衣曬衣、為著開銷跟永裕嘔氣。兒子出生後，永裕確實有好一陣子每天都心情開朗，晚飯後還會逗著孩子玩，幫他們拍拍照。蘭婷在洗碗之際，看見丈夫和孩子們和樂融融的樣子，想起半仙的預言，心裡會不禁升起一股幽幽的悲傷。但是不消多少時日，等到再次和永裕為了財務金錢爭相不下時，她便在心裡冷冷不屑地想：反正我不會跟你一輩子，下一個男人會給我榮華富貴，誰要在這裡跟你過苦哈哈的日子?!要記帳、要省錢，你自己省去！

這些賭氣苦毒的話，多半只在蘭婷自己心裡重複，關於生命中的另一個男人，在她每日穿梭於菜市場、廚房、洗尿布、餵奶的單調日子中，似乎八竿子打不著，不切實際。直到樓裡搬來陳俊民這個單身男子，洪半仙的預言、蘭婷的美夢，才似乎出現了端倪。

## 4.

永裕對蘭婷的毫不辯解與遮掩感到異常驚訝。他不明白明明被捉姦的是她、出軌做錯事的是她，怎麼反倒是他感到丟臉蒙羞?!而她卻扯著嗓子大聲嚷嚷，粗著脖子、瞪著眼睛跟他發飆，好像對不起人的是他！

他早就覺得鄰居看他的眼神有點奇怪，碰見他的時候，總是欲言又止的樣子。永裕以為說台語的他們不想跟他這個廣東外省仔打交道，所以除了點頭笑笑之外，也不多說、多問什麼。

有一次電信局裡辦郊遊，永裕突然腸胃不適，猛拉肚子，於是索性打道回府。結果回到家卻只見女兒的玩具散了一地，不見任何人影。他正打算去把鐵門關上，剛好聽見二樓的門打開，探頭往下一看，竟是蘭婷從裡面走出來，好像還窸窸嚦嚦地不知道說了什麼悄悄話。永裕頓時腦門冒氣，妒火中燒。他走出來，站在樓梯口，等著一臉春意的蘭婷走上來。

蘭婷沉浸在自己的思緒中，如入無人之境。等到她感到眼前一個黑影，抬起頭來，迎面猛然出現永裕猙獰漲紅的臉！

「妳跑去哪裡？」

「你……，怎麼回來了?!」

「我問妳話！二樓不是住陳先生嗎？妳去人家家裡幹什麼？」

「我……，」蘭婷放下懷裡抱著的兒子。「家裡沒醬油了，我去問他借。」

永裕雖然覺得狐疑，但是無憑無據，只有心裡的強烈不紮實感，也不能像一個女人一樣纏著人大吵大鬧。那晚，永裕一人窩在房裡，反正肚子不舒服，沒胃口，晚飯也沒出來吃，擺著一張悶氣的臭臉，把收音機開得震天價響。

事情正式被揭發，是在一個星期天。蘭婷在後陽台晒衣服，兩歲多的女兒坐在地上玩大拇指可以塞進嘴裡的毛絨玩具熊。永裕看著報，身旁的收音機放著白嘉麗的歌：

「梅蘭梅蘭我愛你……」

「你『咬』蘭花『要』人迷……」女兒怪聲怪調地跟著哼。

「妳這個小鬼，從那兒學來的？」永裕聽見女兒唱著跟自己年齡不搭調的歌詞，覺得既滑稽又可愛。

「電視啊！電視裡的阿姨會唱。」女兒忙著為玩具熊穿衣服。

「妳媽又帶妳去張阿姨家看電視了？」永裕沒好氣地問。

「不是張阿姨，是陳叔叔。媽媽去那裡睡午覺。」

「陳叔叔?!住樓下的那個？」

「嗯！媽媽睡午覺，我看電視不無聊。」

「那弟弟呢？」

「弟弟也睡啊！陳叔叔也睡……」

永裕像坐在一團火上，一屁股跳了起來！把報紙往沙發上一扔，直奔後陽台……。

蘭婷不是那種馬上承認錯誤的人，但是她也不善說謊，只會用發脾氣、提高音量來鎮壓對方。何況這事，既然東窗事發，她索性豁出去！反正錯不盡在她，而且跟永裕過日子，她受夠了！洪半仙的話她一直沒有忘記，既然命中註定要結兩次婚，那還不如早早結束這段婚姻，趁年輕再嫁一次。而且，俊民體貼又風趣，也不像永裕守錢像守命一般，蘭婷沒必要再在這裡跟永裕磨蹭。

「妳，妳這個女人，到底知不知道羞恥？」永裕咬牙切齒地說。

「不要跟我談什麼羞恥不羞恥，」蘭婷張牙舞爪。「你給我過過什麼好日子？懷老二的時候，害我營養不良，在菜市場昏倒。你倒是說說，你還算不算個男人?!」

「妳，妳……，」永裕伸著食指朝蘭婷的額頭戳蛋般點了又點。「不會有好報應！」

## 5.

蘭婷帶著兩個孩子搬回娘家。夫妻兩人為了搶奪孩子拉扯糾纏半天，永裕壓根不願意她把孩子帶走，尤其是兒子祖佑，是他們王家唯一的男丁，是命根子，怎麼能跟著這個不知廉恥的賤女人?!他威脅阻嚇，但是事實擺明著：蘭婷不願再跟他住在同一個屋簷下。永裕口口聲聲爭孩子，但是他有份朝九晚五的工作，二十個人共用一間辦公室，如何能在白天照顧幼童的生活起居？在台灣他沒有任何親人可以托兒；朋友嘛，也沒幾個，而且誰會願意加入你們家的戰爭，幫你和太太搶孩子？他雖然怨恨妻子，但是孩子跟著親娘，好歹有個人照顧，不會餓肚子。還有，妻子搬回娘家，至少離那個給他帶綠帽的男人遠一點。妻子娘家的人多，總有個人能保持理智，幫他說說話，勸紅杏出牆的妻子回頭吧？

蘭婷沒有回頭；她一走，就完全離開了。她的目標是下一段婚姻、下一個男人。

她的母親抱起一歲的外孫祖佑，皺著眉，擔心地問：「算命的真的這麼說？」

「真的！他鐵口直斷，既然要嫁兩次，我又何必跟他耗下去？」

母親沉默了一會兒，腦海裡浮現那個語言不通，又不懂拿錢來孝敬她的女婿，細聲細氣地對自己說：說的也是！

蘭婷幫兒子擦擦流出來的口水。「媽，妳讓我們先住一陣子，我不會打擾妳太久。」

蘭婷說這話，是因為對俊民有信心——是他勸她先搬回娘家避避風頭。

「我們在這兒是待不下去了，妳先回娘家，等我找到新住處再去接妳過來。」俊民很紳士地保證。她在他溫暖的臂膀和充滿男性的體味間差點酥軟過去。就是他了！她在心裡認定。他就是自己那位又好又有錢的第二任丈夫。

娘家是個複雜的大家庭，蘭婷的母親月嬌分別跟三個不同的男人生了六個子女。現在養著月嬌，支付她生活花費的，是一名比她小五歲的中醫師——她么兒的父親。這個家有著姑嫂妯娌間的猜忌和競爭，缺乏彼此的關懷與同情。

蘭婷唯一同母同父的親弟弟，就非常鄙夷姐姐的通姦行為。因為那讓他憶起自己曾有的那位美麗卻嗜賭的妻子，拋夫棄子，丟給他一雙兒女。女人，都是一幫賤貨！他在心裡咒罵。自從蘭婷搬回來之後，她弟弟要不是躲著，就是斜眼看她。如果冤家路窄撞上了，起了衝突，他也不諱言，大剌剌地頂撞：妳這算哪一門的婊子?!

蘭婷無奈地等著，用一股賭氣、倔強、不服輸的姿態。兩個孩子放在母親家，醒時有表兄弟姊妹陪著玩；吃飯時就和大夥一起圍上桌，她便偷得時間溜出去和俊民幽會。

「找到房子了沒？」每次，當俊民撫摸她的胴體時，蘭婷就忍不住發問。

「快了、快了！」俊民沒有、也不想給任何其他的答案。

蘭婷一把推開俊民壓在她身上的大腿，賭氣地說：「你每次都說快了！到底還要我等多久？在娘家我快待瘋了！昨天我大嫂才在雜貨店跟老闆娘說我不檢點、遺傳我媽的水性楊花。碰巧被我聽到，我氣不過，跟她在人家店裡大吵起來，還差點打架！這個沒念過書的女人，連她都覺得高我一等。……你不是說你們家在北投有好幾棟房產嗎？難道不能讓我們住一間？」

「不行！」俊民被問得有點不耐煩。「那些房子都租出去了，不能隨便趕人。而且我爸媽那關是絕對通不過的！」

蘭婷被搞得「性」趣全失，躺在床上像一具死屍，任憑俊民擺佈。

她以為可以在俊民的支持下快速辦理離婚，然後展開新生活。沒想到永裕那頭不肯放人；而俊民，就更別說支持了。在事情鬧開之後，他雖然還偷偷摸摸地和蘭婷約會，但是次數越來越少，藉口越來越多。一次，當他在信箱裡發現永裕寄來的存證信函，警告他說，再跟蘭婷糾纏不清，永裕就會告上法庭，讓他身敗名裂。俊民掂斤播兩，覺得為了一個已婚、帶著兩個拖油瓶的女人惹官司上身，自己的慾念再強，都不值得。畢竟，外面的女人多的是，又不是非蘭婷不可！

那之後，不到兩個月，俊民退掉青年公園附近的公寓，消失得無影無蹤。

# 6. 一九七〇年代末

台灣正如火如荼地展開各項建設，經濟持續起飛。街上的腳踏車少了，汽車增多了。收音機、電視裡播的是美國的「朱門恩怨」和唐尼、瑪麗奧斯蒙兄妹主持的「青春樂」。颱風，依然在夏季肆虐；杜鵑，仍舊在春天綻開。雲淡風輕，人的腳步卻越走越快。

蘭婷燙了個流行的法拉頭，換上牛仔褲。在俊民之後，她又交了兩個男朋友，現在在她身邊的第三個男人，是一個圓臉、胖肚，看黃色畫刊、穿油亮尖皮鞋的生意人。

過去的九年來，蘭婷一直住在娘家。她的婚姻因為孩子的監護權和贍養費問題談不攏，疲乏地膠著著。在蘭婷看來，孩子是她一手帶大的，她會煮飯、洗衣，永裕一個上班的男人，怎麼會照顧孩子？於情於理，孩子當然應該跟她！永裕只要每月按時付給她贍養費就行了。

這理論在永裕聽來只覺得乖張可笑。他質問：請問我什麼地方對不起妳，妳有什麼光明正大的理由？一個好好的家在這裡妳不要，硬要帶孩子去寄人籬下，現在還有臉來跟我要贍養費?!有本事就自己去負責！再說，孩子跟著妳這麼一個紅杏出牆的母親，將來會變成什麼樣?!

協議離婚不成，只好靠法院來判決。蘭婷向母親的同居人——那個有錢的中醫師——借錢請律師，永裕則自己擬答辯稿、蒐集證據、暗地裡電話錄音。他以妻子通姦在先，後又不履行夫妻義務為由，替自己抗辯。由於他平日無不良記錄與嗜好，在職場上又表現得公正清廉，最後得以擊敗蘭婷請來的專業律師，取得孩子的監護權。不用負擔贍養費不說，還逼蘭婷在報紙頭版刊登道歉啟示，說明女方的行為不檢，玷污了身為公務員丈夫的清白。

這場離婚仗前後拖了九年，期間永裕和蘭婷因為孩子，過著荒謬怪異的生活：孩子的監護權既然在爸爸手中，戶籍地自然也和父親在一起。這代表兩個孩子必須在永裕住所附近的學區上學。永裕那時搬到台北的南邊，但是蘭婷的娘家在台北北邊，於是在別人家的小孩睡得飽飽，和同學朋友牽著手、一起走路上學的時間，蘭婷的孩子必須起個大早，在車水馬龍的大台北，背著大書包跟上班族一起擠公車、搶座位、在地下道奔跑趕轉換的班車。

有一、兩年的時間，在兒子剛入學的時候，為了不讓從小容易暈車的他受舟車之苦，這對名存實亡的夫妻協議讓孩子跟永裕住，蘭婷則在永裕白天離家上班後，出現在他住處，幫忙煮飯、抹地、陪孩子做功課、幫他們削削鉛筆。永裕傍晚下班回家，越過蘭婷的身影問孩子功課做了沒？蘭婷則低頭收拾包包，跟孩子道聲再見，摔上身後的大門。

當兒子升上小學四年級，女兒六年級時，蘭婷和永裕的婚姻終於畫上休止符。

雖然離婚官司的焦慮和疲勞轟炸，以及登報道歉的醜聞讓蘭婷在親友間的名譽掃地，但是她也有高興的理由：就在離婚證書到手的同時，她那位做生意的男朋友花了一筆錢，在天母新蓋好的一棟大廈裡買了七樓的一戶，視野良好，還請室內設計師來裝潢。即使兄嫂弟妹都用鄙視的眼光看她，但她終於可以揮揮衣袖，跟收留她多年的娘家道再見。

只可惜好景不常，那戶經專家精心設計、照片登在室內設計雜誌裡的新房還住不到一年，蘭婷男友的生意垮了。連沙發的保護套都還來不及拆掉，便急匆匆地把房子賣了。在當了將近一年的高貴新屋主之後，蘭婷領著兩個孩子，又出現在娘家門口。

經過這幾番折騰，此時兩個孩子都已成了青少年，不能再跟蘭婷擠在一間臥室裡。那位中醫師正好買了一戶公寓的頂樓，在蘭婷母親的遊說下，再於頂層的空地上加蓋一間木屋——薄薄的四面木牆搭起一間隔著兩個房間的違建，讓蘭婷母子住。

那個生意做不好的男朋友丟了天母的房子，也留不住蘭婷。他讓蘭婷在大家面前顏面盡失，蘭婷怎麼能再跟他繼續下去？她堅持分手，再次尋覓。

有三年的時間，她在那個違建中養了一個遊手好閒的男人，為他墮過一次胎。後來又因為自己與一個計程車司機的曖昧被發現，那吃軟飯的男人醋勁兒大發，對蘭婷張牙舞爪、口出惡言；蘭婷則使出一貫的大吵大鬧伎倆。祖佑當時高中二年級，十七歲，血氣方剛，被考試的壓力和爭吵謾罵聲搞得頭痛欲裂，差點和母親的男人幹起架來。

那晚，在拉扯糾纏的風暴過後，吃軟飯的男人抓起他的幾件衣物，拎著一個背包，悻悻然丟下幾句狠話，告別了他窩藏違建五年的生活。

後來……，後來？蘭婷的機會都在有婦之夫中打轉，有經營餐廳的、賣化妝品的、開五金行的。直到蘭婷五十歲，家裡陌生男子的來電才漸漸平息。遲暮的女人，乏人問津。

對了！在這之前，蘭婷的感情世界中有一點小小的漣漪，或者可以說是戰果：那位開計程車的趙姓男子在「擊敗」遊手好閒的吃軟飯男子後，突然男子氣概大增，想扛起養蘭婷的責任。他本身也離過婚，有三個女兒，對蘭婷唯唯諾諾、有求必應。在蘭婷的催促下，兩人積極計畫籌算著：他先將蘭婷母子三人接了出來，在外頭租房子住。接著靠自己開計程車穿梭於大台北之便，在北投物色到一戶公寓。屋主因為缺錢，賤價出售，剛好讓他撿到便宜。他慷慨大方地付了自備款，把房子登記在蘭婷名下。蘭婷感動之餘，便在「房事」解決之後，和趙先生去公證處簽了結婚證書。

但是在新屋的地板鋪好磁磚之前，有一次趙先生撞見蘭婷惡形惡狀地辱罵自己的三個孩子。他思考再三，認定這個婚結得太匆促草率，缺乏深思熟慮。他於是建議蘭婷和她的孩子先搬進去，自己先要處理一些重要的事情。什麼事情這麼重要他沒說，倒是他的心態沒有準備好，遲遲下不了和這個女人共渡餘生的決心。時間一天拖過一天，不到兩年，兩人便協議分道揚鑣。這個房子，成為這段短命婚姻的唯一紀念品。

## 7. 二〇一一年

清晨，蘭婷在菜市場心不在焉地晃了一圈，只買了一把青菜和一包肉鬆。回到家，房裡照常冷冷清清。孫子、孫女在外地唸大學，一個月難得回來一次。兒子忙著自己的電腦軟體生意，作息不固定。媳婦嘛，一週兩次練瑜伽、三次上健身房，外加和她朋友的聚餐，以及剛加入的美容護膚品直銷企業，同住一屋簷下，卻很少打照面。

以前，孫子、孫女還小的時候，兒子在外打拼，媳婦負責孩子的養育，蘭婷則幫忙買菜、煮飯、打掃家裡。一家人至少在吃飯時還能團聚。

現在沒有人需要她了。

悶得慌時，她會打長途電話到夏威夷找女兒，問她嫁的日本丈夫對她好不好。但是電話那頭的女兒總是忙得焦頭爛額，沒時間跟她多聊。

蘭婷把買回來的青菜放進冰箱。看見裡面堆滿未消化處理的食物，不禁長嘆一口氣：今天肯定又是一人吃晚飯了。

不料，六點多，兒子和媳婦雙雙回家。蘭婷喜出望外，今天太陽打西邊出來了？難不成他們良心不安，回來陪我吃飯？糟糕！米都還沒下鍋呢！這下蘭婷急了，匆匆跑進廚房開櫃找鍋。

她沒注意到兒子和媳婦也尾隨她進入廚房，兩人吞吞吐吐，說有事要跟她商量。

「什麼事這麼重要？」蘭婷被他們拉回客廳，坐在真皮沙發上。「不能吃完飯再說？」

「媽！我和秀玉打算搬出去……，」祖佑看了一眼妻子，吞了吞口水，決定全盤拖出。

「什麼？」

「是這樣的，」現在換媳婦接手。「我們在東區看中一戶公寓，三十幾坪，價錢還算合理。目前手上正好有一筆積蓄，就當是投資吧！」

「……」蘭婷腦袋裡一片空白，不知道該如何反應。直到兩年前，每次和媳婦兒子起衝突，她就頂他們：我在家給你們做牛做馬，還要看你們的臉色?!不滿意？那你們搬出去嘛！我也落得清靜！

現在他們真要搬家，蘭婷倒開始恐慌起來。這個家已經安靜得連蚊子的聲音都聽得到了，你們還……。但是，是自己先開口趕人的，如果再可憐兮兮地央求，豈不丟人現眼？蘭婷一語不發，獨自回房裡去。

兒子搬走的那一天，電器用品店送來一台嶄新的32吋薄型液晶電視。兒子說，以後無聊就看看電視，這台的影像音質和亮度都不錯，是特地為妳選的！如果妳願意學，我還可以給妳加裝一台電腦，這樣妳就可以和我們或姊姊傳視訊……。

兒子還說了些什麼，蘭婷已經聽不見了。

今年她六十九歲，突然覺得自己一無所有。

常常，她會想起永裕。尤其在被無聊低俗的綜藝節目轟炸不堪，或是在捷運車廂裡撞見老夫老妻挽著手，互相依偎的情景。兩人離婚後（天啊，三十多年前了！）永裕曾經透過子女探蘭婷的口風，希望和她復合，卻被她一口拒絕。後來聽說他信了耶穌，在教會裡認識一個喪夫的寡婦，兩人決定攜手共渡餘生。孩子成家之後，跟永裕的關係變得非常親密，寫信、拜訪，熱線不斷。

女兒在嫁到夏威夷之前，替永裕傳話給蘭婷，說他原諒她了，也希望孩子們原諒母親。以前的過錯都是因為年輕，不曉得自己在做什麼。回首前塵往事，他慶幸當年還好有祖佑外婆的收留，在孩子小的時候供給他們一個避風的港口。他也很感激兩個子女都平安長大，沒有淪為不良少年，成為國家社會的禍害。

蘭婷記得她聽到傳話時，哭得不能自己，隔天還必須戴上墨鏡來遮掩自己紅腫的眼睛。如今，家裡人去樓空，徒有電視、冰箱、冷氣等等年輕時想要卻得不到的奢侈品。不知怎地，她突然好想念當年的粗茶淡飯。如果能重新來過，她不會在乎舊沙發、沒電視；如果能重新選擇，她會留在永裕身邊。

「下一個男人會更好……」多年前的那個應許在她心頭迴盪。

為什麼沒人跟她說，她的晚年會有這麼多的歉疚與孤寂？

# 莊凱敬與陸思緹

## 1.離開

凌晨的機場相當冷清，稀稀落落的旅客在日光燈照耀的大廳裡悠閒地走著。許多機場商店都還大門深鎖，尚未準備好迎接忙碌的一天。

安德烈推著行李走在前方，思緹受到週遭靜肅氣氛的影響，覺得也沒有開口說話的必要。辦完check in登記手續之後，思緹接過安德烈遞過來的手提行李，乾澀地說了聲「謝謝」！安德烈為了省下機場的停車費，不打算久留，陪思緹等機。思緹覺得這樣也好。畢竟，他如果留下來，兩人大概也只能大眼瞪小眼，各自沉浸在自己的思緒中，偶爾還得痛苦費力地打破僵局，避免尷尬的場面。兩人都是不善作假的人，這樣彼此折磨，何苦來哉？

他選擇馬上離開是好的。這樣兩人就不必在偽善的笑容中掩飾內心的苦毒與憎惡。還不如放他早早回家吧！放他回他的電腦螢幕前，盡興盡情上網搜尋一些無關緊要的資料；讓他的手指在鍵盤間飛舞，好安慰自己無工作的狀態，讓他有一份「自己其實在做正經事」的幻想。套句安德烈的口頭禪：網路間有著無止無盡的「可能」哪！

他們的婚姻進入第七個年頭了。別人家的老公失業半年，就能把家裡搞得雞飛狗跳；思緹和安德烈的家，卻一直處在老公沒收入、沒工作的情況下！連工作的開始都沒有，所以連「失業」的資格也稱不上。在物價高昂的歐洲城市，一家四口能活到現在，算不算奇蹟？

剛認識時，兩人都是學生，思緹正在寫博士論文，安德烈是同一所大學的碩士班研究生。按理說兩人當時都在學業的尾聲，畢業後找工作、賺錢、成家、養孩子，應該是料想中的事。結果沒想到思緹學位未拿到就懷了身孕，在育嬰叢書、哺乳須知和學術資料間，草草率率地寫完論文交差了事。半年後做過答辯，博士頭銜也就到手了。但是安德烈卻拖拖拉拉、補這考試填那學分地，搞到後來，又跟指導教授在畢業論文的觀點上起衝突。教授火了，說你不從就轉學！安德烈嚥不下這口氣，把寫了一半的論文丟在一邊，索性也不參加考試，就這樣落得有頭無尾，畢不了業。

剛開始，思緹頗佩服丈夫的骨氣，與他一起同仇敵愾，不把教授、權威、頭銜等等放在眼裡。那時，思緹滿腦滿耳是安德烈的雄心壯志，兩人摩拳擦掌，作著創業的美夢。他們兩個都認為：憑著安德烈聰明的頭腦，將來難道不能有所作為?!

但是，時間一年一年過去，等到第二個孩子降臨，思緹整天在煮飯、洗衣、尿布、餵奶間，不知不覺也做了七年的專職家庭主婦。可是安德烈仍舊在書桌前忙忙碌碌，在瑣碎繁雜的資料與創業構想間摸索，沒有任何的實際行動。眼見就要跨入四十歲的關卡，別人都在穩定、乏味的事業中產生轉行的中年危機，安德烈卻連個起步都沒有！總不能老靠社會福利津貼和你老爸的接濟過一輩子吧?!思緹終於失去了耐性。兩人開始吵吵鬧鬧，為了金錢、也為了一個道理！她愈來愈看不慣丈夫的紊亂無秩序，聽不得他的高談闊論，對他的信心一點一滴消失殆盡。

思緹坐在機場堅硬冰冷的椅子上，望著丈夫離去的背影，一股淚水在眼裡打轉。昨晚的爭執還歷歷在目：他冷嘲熱諷地說她要回國做暢銷書作家嘍！說台灣這個經濟掛帥的社會，正需要思緹這種精神導師；還好思緹的老公是個不會說中文的老外，而且遠在歐洲，否則讓讀者知道了思緹面對老公齜牙咧嘴的真面目，不罵她是大騙子才怪……！思緹被他氣得發抖，臉色鐵青！她也不甘示弱地回應：至少我還能靠「作假」賺點錢！你呢?!連賺一毛錢的本事也沒有！

這正是安德烈的致命傷。每次一提到錢，安德烈就像戰敗的貓，夾著尾巴落跑。但是思緹並沒有戰勝的喜悅。她不願意傷害安德烈，也無心鄙視或看輕他。盛怒時衝口而出的箭矢，雖然一語中的，但是她的心也在箭靶上，被自己的話戳得千瘡百孔。

思緹何嘗不知道金錢不能代表一切？錢財、地位與名利從來就不是她論斷人的標準，否則當初好歹也是個博士生，長的又不醜，怎麼會「下嫁」給一名連碩士都唸不完，沒有顯赫家世、沒有工作收入的無名小卒？

無奈，中國人的那句「貧賤夫妻百事哀」，倒真的應驗在思緹的婚姻上頭。

事業沒有起色，安德烈徒有一肚子的學問與理想，卻得不到任何發揮的機會。久而久之，他對自己也產生懷疑，變得自卑、沮喪、不甘。白天不敢出去見人，怕被人認作是遊手好閒的遊民；不願交新朋友，擔心被問起有關職業的問題。就這樣，他一步一步沉陷在深沉的迷惑中，也讓他的妻子一直處在焦慮、不安與恐懼的狀態下。

在外，他使不上力；在家，他就堅持要維持一家之主的尊嚴。雖然是一名名符其實的、只會坐在電腦前敲敲打打的「宅男」，安德烈依舊堅持「男主外、女主內」的分工方式：買菜、煮飯、打掃等家事全由思緹一人包辦。家庭主婦是一份二十四小時全年無休的工作，思緹從一個只會念書的書生，歷經七年的熬練，變成一個理家的高手。尤其是孩子的食衣住行，全由她一人打理。漸漸地，思緹發現：不僅是孩子需要她，她也依賴孩子。現在老大都七歲了，思緹從來就沒有丟下孩子去哪旅行過。事實上，她自己也沒有離開的慾望。這麼多年來，孩子成了她身上的一塊肉，豈有割肉還能逍遙的事?!

但是這次，也許是疲累了，也許是傷心絕望透了頂，思緹吃了秤砣鐵了心，決定獨自一人回台灣接受挑戰。

她知道安德烈對她這個「天上掉下來」的機會非常不以為然。他看不懂中文，對思緹的文字水平無法評斷是一回事，最主要的，是他每天生活在不是冰凍三尺，就是惡言相向的夫妻關係中，對於妻子在摔鍋、丟盤的大肆吵鬧之後，轉頭還能寫下勵志、靈性的心理分析，勸戒人要向善、朝光明。在他看來，簡直是大騙子一個！

思緹也懶得解釋。她深知「行為」與「意念」的衝突：行為上雖然做不來，但並不表示她不會自省，或內心沒有矛盾與掙扎。她苦於和丈夫吵吵鬧鬧、不時冷戰的日子；希望自己能包容，能饒恕。但是在外，人人誇她柔順溫和；在家，在這個跟她最親近，同樣是不完美的丈夫身旁，天天面對齧心的失望與生存的壓力，要實踐良善與美德，是多麼困難的一件事！思緹往往在怒氣爆發之後，對自己的口無遮攔感到羞慚，但同時又無力去修補。安德烈的自尊心也不弱，總是站在自己的觀點上據理力爭。長此以往，新仇加上舊恨，他們婚姻的破洞便愈來愈大！

在這種良知與行為的落差間，寫作成了思緹情緒宣洩的出口。她靠著文字不斷跟自己對話，像生病沒胃口的人，仍一口一口地逼自己吃進健康的食物。她雖然對丈夫咬牙切齒，卻仍不斷禱告、閱讀屬靈書籍，然後將心得反應在文字中。希望能藉此膏抹傷痛、激發信心，讓她能在那爛到核心裡的婚姻中看見一絲絲希望，支撐自己繼續走下去。

沒想到這些她作為療傷、自我安慰，在柴米油鹽、奶瓶尿布間擠出的一篇篇作品，竟然在讀者間迅速找到共鳴。出版商喜孜孜，準備幫她集結成書。

大概是看準了很有市場賣點吧？出版商約她進一步詳談：討論書名、封面設計、拍照、促銷活動、稿酬等問題，而且還非常爽快地幫她負擔回國的機票！光衝著這一點，思緹便再也沒有理由躊躇了。

## 2. 重逢

出版社的陳經理和思緹相談甚歡。以一個市場新人的身分，思緹不好、也不敢有太多意見。陳經理說版權一次買斷，思緹沒異議；要她配合做宣傳，她也照辦。

陳經理看思緹凡事都點頭，簡直樂不可支！末了，在握手道別時，他突然想到兩天後的文化晚宴。

「都是目前文壇當紅的大作家，大夥聚聚聊聊。妳也來吧！可以借此機會將妳這個『新秀』介紹給文學界！」陳經理拍著思緹的肩膀說。

思緹不禁打了一個寒顫。她長年住在歐洲，對國內的文學界並不熟悉，不知道誰成了炙手可熱的暢銷書作家，更惶論去跟他們討論作品的內容。

「到時候出醜怎麼辦？」思緹擔憂。「唉啊！管他的！」她轉念又想：「別杞人憂天了！反正沒有人認識我。而且誰會在出了名以後，還有興趣來關心才即將要出世、生死未卜的新兵？別想這麼多，船到橋頭自然直！」她在心裡這麼安慰自己。

晚宴那天，思緹向姊姊借了一件晚禮服：黑色連身及膝小洋裝，V字型領口，裙擺滾摺邊，腰間繫上一條亮漆細腰帶，再配上同色高跟鞋。雖不豪華艷麗，但也簡單大方。雖然她一直提醒自己：要以平常心去赴約；但是思緹的心還是緊張得撲撲亂跳！台北，在她離開的這幾年，早已從裡到外翻新了好多次。捷運讓交通便利快速許多，也少了空氣污染，但是思緹熟悉的公車站牌都到哪裡去了?!她頓時感覺站在大台北的街頭，連東西南北都分不清。

幸好姊夫當晚破例不加班，開車送思緹到舉行晚宴的飯店門口。一路上，姊夫開玩笑說：「這可是台北當今最高檔的飯店之一喔！我們這些平民小卒，可不太有機會上那兒去吃吃喝喝的！」這話讓思緹的胃隱隱作痛起來。她原本就不習慣出入那種場合，現在還得單槍匹馬，去面對一群也許高傲，也許油腔滑調的陌生人！「當初答應赴約，是不是太傻了？」她感到一絲懊悔。

走進飯店冠冕堂皇的大廳，滑溜的大理石地板，映照著兩旁偌大的落地鏡，讓思緹清楚地看見自己戰戰兢兢、全身僵直的身影。大廳裡人來人往，思緹在眾多絲襪美腿與西裝長褲間，看見一個立在地上的大板子，上頭寫著：文化晚宴，請上三樓華美聽。

華美廳倒是美其名了。在思緹的眼中，它既不豪華也不美麗。甫進門，一道刺鼻的煙味撲洒過來。慘白的日光燈下，人聲鼎沸。

侍者遞來一杯香檳酒。屋裡滿滿的人，都有自己的歸屬，在高聲談笑著。思緹進來時，有些人轉頭看了她一眼，但是馬上又繼續他們原來的話題。

「還好沒人認識，沒人理！」思緹在心裡面暗暗慶幸。但是隨即又覺得尷尬起來：就這麼呆呆地站著也不是辦法吧！她渾身上下、從裡到外都不自在。手上幸好有酒杯，端著它就像抓著救生繩，免去思緹究竟該將手交叉在胸前還是背在背後的窘迫。但是那雙腳就可憐了——不知該往哪走！人多的地方她不敢去，兩人間的對話她更不願去打斷。只好四顧張望，像在找人的樣子；其實是在找一個藏身之處——想找個地洞鑽進去！

「去拿點東西吃吧！」思緹想。大概是緊張耗去了精力，這時她確實感到飢腸轆轆。而且重要的是，那擺著食物的三大長桌，位在這間包廂的後面，周遭的燈光是溫和的昏黃，多少可以免去一點眾目睽睽的尷尬。

待思緹走過去一看，才發現不得了：椒麻雞、螃蟹、打抛肉、辣炒花枝、炸蝦、生魚片、涼拌海鮮、碳烤羊排、碳烤牛肋排、香酥炸魚、港式點心，還有各式沙拉、水果、蛋糕甜點、熱湯、咖啡、熱茶、果汁，應有盡有。伺者微笑地望著思緹，等她伸出手指，說明要那樣東西。

思緹選了在內陸地區生活的人夢寐以求的各式海鮮。剛剛把一塊魚卵壽司送入嘴裡，就聽見前方台上有人用湯匙敲杯子的聲音。要致辭了！大家慢慢靜下來，思緹終於不是在場唯一沉默的人。

一個圓臉大肚、舉著酒杯的人走上舞台。大概是幾杯酒下肚後，精神特別爽快，他聲音沙啞、春風得意地說：「現在文學界的人都寫而優則『主持』啦！在場的不乏廣播、電視綜藝節目主持人，在下斗膽，不自量力，敢在眾人面前獻醜，請你們多多包涵包涵。」台下眾人笑成一團，有人大喊：「哪有人比得上趙董您高竿！」

趙董事長的大嘴就要咧笑到耳朵邊去了！這會兒他更拉高嗓門：「今天請大家來交誼交誼，預備的簡餐大家慢用，等會兒咱們來比賽誰能一口氣喝完一大杯啤酒！贏的有獎啊！」台下又是一陣歡呼！

思緹想起出國唸書前在雜誌社打的那份工，每逢尾牙時也是這種光景：同事們虛偽地開著玩笑，乾杯拼酒量，誇張大笑地為老闆的低級笑話捧場。思緹當時便滿心的不屑，沒想到十幾年後，自己又陷在這種場合中！放眼望去，怎麼這一群跟她年齡相仿的作家們，個個老成世故、圓滑善交際；而她早已過了「憤青」的年齡與資格，卻仍在心裡為眼前的虛偽膚淺而坐立不安？

正在後悔來赴宴的當兒，思緹突然被迎面而來的一個大擁抱嚇了一跳，手上的香檳酒差一點就傾倒在那陌生男子的西裝上。

「陸思緹！果然是妳！」那男子說。「陳經理跟我提到一個叫『陸思緹』的海外新發現，我就想：這個名字好熟啊！全天下姓陸叫思緹的不多吧？會不會是我的大學同學？沒想到真是妳！」

思緹還來不及答腔，尾隨而來的陳經理接著說：「怎麼？你們認識?!」

「豈止認識？我們是很要好的大學同學！」

「那我怎麼從沒聽你提起過？這下好！你來幫她站台、搞一下宣傳。」

「沒問題！榮幸之至！」

「不過啊，你得小心嘍！陸小姐的潛力不小，搞不好會把你的飯碗搶走哦！」

「唉啊！那還得了？你們不能有了新人忘舊人啊！」

「哈哈！開玩笑！莊大作家是目前的當紅炸子雞，誰能跟你匹敵？」

眼前這兩個男人活脫脫像說相聲的，你一句我一句，分明就挨著肩站著，還使勁兒拉高嗓門，把對方當成重聽病患。思緹打量這個剛剛擁抱她的男子，心裡思忖：莊大作家，莊大作家……？莫非是莊凱敬?!

她再仔細瞧瞧眼前這個雙下巴、高個子、圓滑世故、自信滿滿的男子，不敢相信就是當年的他！

陳經理走開後，凱敬往思緹的肩膀上一拍，好像跟哥兒們說笑般，誇張地說：「好久不見！怎麼一點都沒變？我一眼就認出妳來了！到底是如何保養的？可不可以傳授一點秘訣？男人也是會怕老的！」

思緹半天還是吐不出一句話來。她覺得周遭的人好像都在演戲，都有一個腳本，在照本宣科著；只有她沒有，她不知道要怎麼融入戲中。剛才自己躲在一旁，沒人搭理還好，現在被迫得回應幾句時，才發現自己的舌頭打了結，除了尷尬地笑笑，活像隻迷路的呆頭鵝！

「咦！以前不是留長頭髮的嗎？什麼時候剪短了？當年妳這個長髮美女可是我們系裡所有男孩子的夢中情人哪！」凱敬又逕自哈哈大笑起來。

思緹瞪大眼睛，不敢相信耳裡聽到的！這話，怎麼會出自他口中?!而且當著她的面！

十幾年的分隔，不僅是城市被翻了新，連一個人，都可以面目全非？

## 3. 往事

思緹想起以前那個她所熟悉的城市、年輕時的校園、他們的相遇。

曾經有人說過：劇場是個大型魔術箱，進入裡面的人都會被催眠。觀眾是被動地被引誘，而演員，則是自己先著了魔，然後再變成魔術師的共謀，使勁兒地用聲音、表情、動作和情感去感化台下的觀眾。

思緹和凱敬曾經在劇場相遇，在那個大魔術箱裡。因為那次的經驗，思緹覺得她看見了凱敬不為人知的另一面。

那年，他們二十一歲，第一次在劇場裡合作。倆人分別飾演男女主角：她是足登三吋高跟鞋，嘴裡叼著香煙，自信滿滿的女強人；他則是被她掏空了錢財，然後一腳踢開的前夫，落魄且跛著一條腿，滿懷心機地前來報復。

其實那時候年紀輕輕，一直在校園中被保護得好好的，單純得像一張白紙的他們，那裡能體會劇作家筆下那些冷酷無情、邪惡病態的人際關係？但是在劇場裡，人可以快速長大，變世故、變卑鄙，全憑劇作家的一句話！穿上戲服，化上妝，你是你，也不是你。思緹就是被舞台上的那種模稜兩可所吸引：她可以名正言順、過癮地使壞，然後藉口說那不過是齣劇，並不是真實的自己。

那時，他們在台上演對手戲，愛恨情仇，露骨又大膽。台下，卻回到安安靜靜的本相，小心地保持距離。在密集地排演了三個月之後，思緹和凱敬暗暗對彼此產生了情愫，像一株剛剛發綠的嫩芽，焦急著要長大；但又同時被莫名的罩子一把壓頂罩住，伸展不開。在台上，他們有極好的默契，但是一下台，凱敬就特別拘謹，尤其在思緹面前；而思緹，也總擺脫不掉那份臉紅心跳的不自在。

那一天，公演完畢。落幕後，全體工作人員在劇場裡和來賓聊天，想知道老師同學爸爸媽媽姊姊弟弟的反應。思緹突然好想一人靜一靜，便悄悄溜進後臺的更衣室裡。沒想到才一開門，便撞見凱敬獨自一人在裡邊，像在沉思、在躲避，又好像被劇情感動，尚不能回歸真實的自我。思緹看見這孤單的靈魂，她的心搐動著。剛才在台上，她不是一腳把他踢開，棄他如敝屣嗎？現在的她卻心懷款款深情，她多麼想迎上前去，擁抱他，緊緊地擁抱他！他會瞭解的，不須要她開口，只須讓胸口卜卜要跳出的心來傳遞她的一切感受。

但是他沒有動作，她一動也不動。這小房間裡只有他們兩人，他們彼此內心的情緒激盪，根本不容許他們稍微往前一步；因為只要小小的一步，他們的秘密就將洩露。那暗藏、壓抑已久的情感，一旦爆發，恐怕不是這一小間屋子所能承受！

所以他沒有動作，她一動也不動。

過去了一秒、兩秒，過去了一世紀。

終於導演進來，尾隨著一批恭喜賀贏的人群。她鬆了一口氣，卻不禁無限悵惘。

沒了劇本、少了藉口、缺了面具，不能再躲在任何角色後面，而是必須以真實的情感表現出自己時，兩人都退縮了。後來思緹終於明白：為什麼有些演員可以在台上嬉笑賣弄，七情六慾，展露無遺；但是現實生活中，連上個台致個詞，都會緊張得語無倫次，手足無措！

有時候，做自己，比演別人要難得多！

那次之後，思緹總是盼望能與凱敬「巧遇」：在校園的林木下，系館的長廊裡，甚或地下道的轉彎處……。她不斷在心裡編織兩人靦腆浪漫的相遇。

結果有一次，在學校附近熱鬧的大街上，思緹果真看見凱敬迎面走來！匆匆的身影，在交會的剎那間，除了彼此的一聲「嗨」之外，沒有任何下文。

唉！那該死的矜持、掩飾不安的笑容，在青春的歲月中，就這麼讓一個心儀的對象從身邊悄然溜走。

這是思緹隱藏在心中多年的祕密，不曾跟任何人說。

## 4. 衝擊

畢業之後，他們失去了聯絡。

思緹浪漫叛逆的個性，讓她選擇去那冷門的、語言艱澀難懂的德國。而凱敬，則同大部份的人一樣，考托福、考GRE，最後申請到紐約大學念新聞學。

當初他們合演的那齣劇，劇情是她爭強好鬥，他軟弱卑微；真實生活裡，卻正好相反。凱敬在校時就鋒芒畢露，功課雖不是頂尖，但是在各個社團裡擔任要職，參加不同的比賽，出盡鋒頭！他總是為自己設立一個目標，然後勇往直前，朝目標前進。

譬如寫作這件事吧！他給自己訂下「三六」法則：每天固定寫三個小時，至少寫滿六頁稿紙。他認為文筆要憑天份，也要靠血汗。自己既擁有寫作的天才，加上紀律，不怕沒有出頭的一天！

為了讓自己的小說更逼真、更寫實，他不斷尋找新經驗，出入不同的場所。年輕時只敢穿著襯衫加條牛仔褲，在迪斯可舞廳徘徊、夜店裡喝綜合果汁。等到他到國外鑲金鍍銀一趟回來之後，便開始穿戴名牌服飾，在演藝圈、唱片界當起行銷經理。要不是因為外型不夠瀟灑，否則他也不會介意躍上大螢幕，當個電影明星過過癮。為了寫大都會男女的愛情，他嘗試一夜情，甚至在夜裡偷偷跑到台北新公園，假扮自己是個同性戀，然後將男人如何像個女人一樣柔情似水的引誘，寫進他的小說。

在美國，有一次研究所班上一位闊綽的富家子弟開生日派對，席間香煙繚繞，勁歌熱舞。突然富家子弟一搖一擺地把凱敬拉到一邊，指著桌邊一群和他面色一樣快活陶醉的男男女女，問凱敬要不要試一試？今天算他請客，古柯鹼和大麻全部免費！凱敬想到他作家的職志，二話不說，「敬業」地依樣話葫蘆，捲起紙卷，將白粉往鼻子裡吸！

三天之後，醫院發的父親病危通知將凱敬召回台灣。他就在父親的病榻前，將那次「神遊仙境」的經驗寫進小說中。

為了靈感之名，沒有什麼是不被容許的。

凱敬的生活多彩多姿，忙碌不堪、停不下來，也不想停下來。停下來，大夥不就把我忘了？把我忘了，不就等於我死了?!所以他的座右銘是：豐富人生，向前衝、向錢看！

十幾年下來，被他衝出了一片天，事業爬上了頂峰。

思緹來自一個破碎的家庭。從小父母離異，一歲時搬到外婆家後就喪失的安全感，一直到長大了都找不回來！雖然在升學競爭激烈的台灣，她一帆風順，不論考什麼都是第一志願。但是內心深處，思緹一直揮不掉對自己的質疑。她不敢相信自己會被接受、被肯定，所以也就不敢去爭取。

爭取後如果沒得到，豈不換來別人的恥笑?!思緹就這麼安安穩穩地念她的書，凡事被動，空有想望與才能，卻不敢表現自我。

大學畢業後，思緹跑到歐洲，原本想念表演，當演員；卻因為語言的障礙，再加上不敢去試鏡，最後只好進入研究所，念個沒有職業前途與保障的心理學，埋葬了自己表演的慾望。

歐洲的生活步調緩慢，尤其在這個德國南方小城，人人都像是來修身養性的。大學裡的同學也都吊兒郎當，三年念不完念五年，五年念不完念七年，沒有人在後面催你趕你。思緹雖然比她的德國同學積極進取許多，但是她也花了大把時間到處去旅行，談了幾次或長或短的戀愛。不知怎麼地，思緹從來就沒有花心思為自己的事業打算。也許在她小女人的內心深處，仍舊視為人妻、為人母為生命的依歸。

後來遇到了安德烈，她飄泊不定的心似乎安靜下來了。孩子生下後，看著懷中的小東西，思緹的母性陡然發光發熱！她對自己說：有本事，生孩子就自己帶，否則就別生！

另外，思緹的安於家室還有一個重要原因：她的信仰。

出國後的第三年，外公突然過世，從小一起長大的表弟因為吸毒入獄，舅舅和舅媽的婚姻因為外遇而破碎。一連串的壞消息讓思緹突然覺得一切都是虛空，她原本就消極的個性變得更加消極，甚至有放棄念書的打算。室友看她頹廢、無精打采地一天過一天，便帶她到教會做禮拜，跟一群親切和善的人一起唱詩歌、用餐、祈禱。思緹這才明白：原來信仰，不是只有拿著香，到擁擠吵雜的廟裡拜拜；原來信仰，還有另一種形式！

認識基督教後，思緹有了全新的世界觀。她相信神愛世人，對每個人的生命有一個計畫與安排。而且，上帝希望人人做好分內的事，不要為前途擔憂，因為一切都掌握在祂的手中。

那麼，對於一個幼小嬰孩的母親來說，她分內的事，不就是哺乳、照顧、養育嗎？思緹相信：等到孩子大了，等到她行有餘力，上帝自然會派給她另一份適合的工作。於是，她心安理得地作一名家庭主婦，樂得將求職面試與履歷表拋到九霄雲外！

這點，她順水推舟、輕而易舉做到了。

但是，信仰上的真正試煉，卻是在婚姻中才開始展現。要如何在朝夕共處的日常生活中真正去接納、饒恕、無怨無悔地愛一個人，是思緹最大、最艱難的挑戰。常常，她想到長久以來一窮二白的經濟生活、丈夫的一事無成、夫妻之間週而復始的爭執、和解、再爭執，使得思緹在讀經禱告之餘，雖然有獲得新生的肯定，卻苦於實踐上帝話語的無力。那原本想為上帝做事的雄心壯志，因為被自己的不足與缺陷所啃噬，便覺得不夠資格。自己的婚姻既然不能成為一個好的見證，直接了當地去傳教，一定說服不了任何人！

所以十幾年下來，凱敬意氣風發、功成名就；而思緹，只有一個搖搖欲墜的婚姻，活不出真實信仰的愧咎，以及一雙令她捨不下的兒女。

## 5. 誘惑

那天的文化晚宴，思緹藉口身體不適，想先行告辭。凱敬堅持送她回家，搬出一堆理由，說什麼老同學喜相逢、他必須盡地主之誼、天晚了街頭不安全等等。思緹不願拒人於千里之外，便點頭答應。

凱敬伴著思緹走向飯店大廳，將車鑰匙交給飯店的代客停車服務員。不久，一輛橄欖綠的進口敞篷車駛向他們身邊。凱敬快步繞過車子的另一頭，恭敬地幫思緹開車門。

「畢竟是喝過洋墨水的，紳士風度是學會了！」思緹會心一笑，謝謝他的禮遇。

一坐進車裡，思緹的臀部與大腿馬上察覺到真皮椅套的柔軟細緻，舒適不已！車子才啟動，空調便自動打開，將溫度調到最舒適的二十三度。駕駛座旁一個碩大的儀表板，音響、導航器、無線電話，全憑一個按鈕，立即恭候駕到！思緹故做鎮定，不露出自己的讚嘆，免得被笑是土包子。在國外，她和安德烈開的是一輛二十多年車齡的老爺車，車聲震耳欲聾，後座右側的車門打不開，前方駕駛座邊的窗戶搖不下，更沒有汽車音響或空調，夏天一坐進車裡，孩子便大喊受不了！

相形之下，凱敬多麼飛黃騰達！

「時間還早，要不要去喝杯咖啡？」凱敬一手握方向盤，另一隻手臂倚在車門上，一副輕鬆瀟灑狀。

「不了！我喝咖啡會失眠。」思緹回答。

「那喝別的也行！我知道一家氣氛非常好的咖啡店，糕點一級棒！」

「……」

「台北的夜生活很有趣，跟十幾年前大不一樣，難道妳不好奇？說不定可以作為下部小說的材料！」

畢竟同是寫小說的，凱敬知道「經驗」是一個作家不可或缺的「職業」生命。此話一出，思緹便被打動了。

凱敬把車子開上陽明山，在漆黑蜿蜒的山路上熟悉地打著方向盤。轉過一彎又一彎，終於在一間小館前停了下來。

他們走進「秘密花園」。

園裡幾乎沒有任何照明設備，只有微弱閃爍的燭光。幾張鑲嵌細工的馬賽克桌子零零星星分散開來。情侶們交頭接耳，輕聲細語說著悄悄話。走進屋裡，黯淡的燈光下，有幾處靠牆的座位，絨布沙發椅、頭頂上用色彩鮮豔的布簾點綴。隱蔽神祕，好似天方夜譚裡的世界。周遭放著輕柔的凱爾特族音樂，加深了沈靜悠遠的氛圍。比起剛剛五星級飯店裡的華美廳，實在是有品味有意思多了！

坐定後，一位年輕的女伺走來，思緹點了杯含玫瑰茄、紅布林及山楂果肉的玫瑰味水果花茶。

「妳一直活得這麼健康？想必也是煙酒不沾吧？」凱敬問。

煙酒不沾是真的，但是要活得健康，應該還不只這些，思緹想。她知道自己常常會有的鬱悒心境，而且缺乏運動，根本算不上什麼健康的生活方式。但是這些話，難道全要說出來給他聽？凱敬簡單的一句問話，思緹支吾半天，只答非所問地吐出：

「還好！」

「難怪皮膚還這麼好，一點皺紋也沒有！」

不知道是多年來單純的生活，還是因為坐在昔日愛慕的人面前，思緹發現自己連基本的交際對話都不會了！而且她也不喜歡凱敬這種直接了當的說話方式。在她的印象中，凱敬的真心話都藏在眼神裡，而說出口來的，全是交際應酬的客套話，不能當真。

凱敬十幾年來在複雜的環境中打滾，伶牙俐齒、唇槍舌劍是生存的必備條件。必要時他也可以打躬作揖、諂媚奉承，全看他面前站著什麼人！無奈這些本領在思緹面前全不管用。十五年的分離，兩人的差異顯而易見：在思緹身上，時間彷彿停止前進，她的心思並沒有隨著時間而複雜狡猾或世故。這點，令凱敬感到驚異。好像坐在眼前的，仍是大學時代的那個純情少女。

凱敬這會兒少了香煙美酒的掩飾，也沒有油頭粉面、生意人打扮的同行圍在身邊，他的笑容與音量都收斂許多。慢慢地，他收回打鬧嬉笑的商場官腔，開始多愁善感起來：

「我每兩個禮拜會來這兒，點一杯咖啡，坐一個晚上。沉思冥想，享受孤寂的滋味……。妳呢？有沒有感到孤單的時候？」

「我……」思緹覺得這問題有點突兀。

看思緹不答腔，凱敬接著說：「這些年來，妳住國外，大學同學會也很少開。見不著面，還是會三不五時地想起妳，不知道妳在國外過得好不好……，」凱敬乾笑自嘲說：「沒辦法，有些人就是會在你生命中留下特別的印記。聽說妳結婚了……？」

凱敬突然低頭攪拌咖啡。攪啊攪的，也沒有端起來喝的意思。正是這種欲言又止，含蓄卻又欲蓋彌彰的動作，讓思緹終於將眼前這個中年男子與當年的大男孩連上了線。她緊繃的身體頓時放鬆，安然地想：畢竟有某些情感，某些習慣或態度，是不會隨年齡的增長而改變，也不能靠刻意的控制來掩飾。凱敬的低頭與戛然而止，就將當年那個孤單無措的大男孩給洩露了出來！

突然，思緹覺得他們沒有十五年沒見，他們其實是彼此熟稔的。

話匣子從當年的大學生活打開，兩人都小心地避免觸及那次在劇場合作的心悸。凱敬有說不完的美國留學與工作經歷，思緹在歐洲的生活相對地要平靜、單調許多。凱敬說到這幾年在事業上的計畫與打拚，思緹只能亮出皮夾裡小孩可愛的照片，說這是這些年來她唯一的「收穫」。

「你呢？怎麼還不結婚？」收起皮夾時，思緹故作輕鬆地問。

「找不到好女孩子家啊！人到中年，發現二十幾歲未婚的美眉，玩的、想的、做的，都跟我搭不上線；她們現在比我們當年要時髦多了！妳還記得嗎？我們那個時代的大學女生，個個乾淨得像朵百合花，樸素又單純，大夥兒都是騎著腳踏車在校園裡趕上課。有機車的人已經算了不起，而且還不敢開進校園來。現在的大學生不畫個眼影、塗上口紅，是不會出門的！而且校園裡汽車滿天飛，椰林大道還得畫上斑馬線！改天我帶妳回去看看，保證妳認不出來！和年紀小我們八、九歲的人講話，只要聊兩句，馬上會發現橫在中間的代溝有好幾條！我們熟悉的歌她們沒聽過，她們愛聽的歌我又沒興趣。」

思緹聽著，不知道要怎麼接話。只有一個疑問浮上心頭：「但是過去的十幾年，難道都沒有碰上一個合適的？」

「全都名花有主了！適合的好女孩全都嫁做人婦了！」凱敬感嘆道。

思緹意識到這個婚姻議題，凱敬大概也有不得已的苦衷。畢竟，誰能掌握姻緣呢？還是點到為止就好，不要再追問下去。

陽明山上的夜色有點清冷，蟋蟀的叫聲此起彼落。思緹和凱敬走出「秘密花園」，扶著欄杆眺望台北市。都市裡的廢氣，置身其中時是刺鼻燻眼的烏煙；但是來到山上，隔層距離，這煙氣卻將都市籠罩在虛無飄渺間，倒不失一種朦朧的美。山下萬家燈火，霓虹閃爍。畢竟是將近三百萬人口的大城市，再晚，也沒有熄燈、了無生息這種事！

「很久沒這麼看自己的家鄉了吧？」凱敬察覺到思緹臉上有種既懷念又感動的神情。「在美國時，我特別想念台北。想念這兒熟悉的語言、食物，連骯髒的空氣都有家的味道。所以雖然在那兒也混得不錯，但是還是抵不住思鄉之情，最後把工作辭了、房子退了，回到這個土生土長的地方。」

思緹說她並不那麼想念台北，倒是這城市裡頭的人：父母、兄姐、親戚、朋友，每每讓她牽腸掛肚。「尤其在某種情況下，就會有跑回家的衝動……，」思緹謹防自己不要說溜了嘴，戛然噤聲。

「哪種情況？」凱敬想知道。

「嗯……比方說家人生病啦、老同學聚會之類的。」思緹隨口說。其實她心裡想的是：比方和丈夫無法溝通、走到絕境、沒有出路時，她就特別想躲進這個大城市的懷抱，希望能遺忘所有的不快與爭執。但是她不願意跟凱敬說這些，至少現在還不願意。他們才剛重逢，思緹不願把凱敬當成自己傾倒苦毒怨懟的垃圾桶。

那天離開時，兩人都有點莫名的感傷。年少時為賦新詩強說愁，現在人到中年，每個人心中都有或多或少的真實傷痛。凱敬與思緹並立著，俯視台北市的燈火閃爍。他們覺得彼此有點距離，又有點親密。凱敬的手臂微微靠近思緹無袖的臂膀。

同樣是沉默，和丈夫在一起，只有怨怒與不滿；但是站在凱敬的旁邊，思緹卻感到有人相依相偎的甜蜜。而此時凱敬也在心裡想：他媽的老外！娶到條件這麼好的台灣女孩，真是便宜你了！

之後的兩三個禮拜，凱敬和思緹的熱線不斷。

安德烈只打來一兩次越洋電話，而且電話那頭都是孩子的聲音，話題都是圍繞在孩子班上又去哪郊遊啦、合唱團又演出啦、數學測驗進步了等等，然後就沒了下文。談話總是在尷尬的沉默下結束。

而凱敬，一天至少打來三通。他陪她逛街採購、開車到海邊聽浪潮、領她認識全新的大台北，還不時請思緹上餐廳吃飯、到夜店裡閒聊。單身的他，出手大方，自由自在，吃盡山珍海味，遊遍五湖四海。無牽無掛，既逍遙又瀟灑！

思緹在國外省吃儉用過慣了，想吃水餃得自己包，想吃壽司得自己做。連蛋糕都自己烤，牛排也自己煎。幾年下來，雖然練就一身十八般武藝，但是距離上一次上館子吃飯，不知道是多麼遙遠的記憶！

現在，才剛掛下電話，就有人開著拉風的汽車在樓下等著；帶你上高檔餐廳，從開胃菜到點心到配酒，一道一道被穿著制服的伺者恭恭敬敬地送上桌來，音樂與燈光也都恰到好處。吃完飯後，站起來拍拍屁股走人，又什麼都用不著你收拾。思緹雖然回到了自己的家鄉，卻感覺置身另一個世界！

這種物質的享受，對思緹來說還真是不賴！凱敬不僅幽默風趣，體貼溫柔，還滿口的讚美與欣賞。平常安德烈把她當一件家具看待：不需要關心，不需要慰問。思緹幾乎沒有想過：將近四十歲的女人還能對異性有任何吸引力！但是現在，凱敬看她的眼神是如此熱烈激盪，像要把她生吃活吞下去一般。他要她！而她，則享受著他渴念她的感覺。

漸漸地，思緹對凱敬心生一股親密與信賴感。她小心翼翼地把自己的文學「處女作」拿給他看，徵詢他的意見。凱敬很認真地看了一遍，先是大加讚揚一番，說不愧是名校出來的高材生，觀察細密，動人心弦，只是……

「只是什麼？」思緹洗耳恭聽。

凱敬將上身往前傾，一臉正經嚴肅地說：「我現在說的是市場行銷學。再好的理念或故事，第一必須要推銷出去，否則就一點用也沒有！那麼怎樣才能吸引讀者的眼光，促使他們掏出口袋裡的錢去買妳的書呢？」

凱敬向思緹眨眨眼，「對啦！要先順應他們的胃口，然後才注入營養。」

思緹不禁笑了。文人與商人，兩者雖不搭調，但在凱敬身上，卻又配合得挺好。寫作的他讓思緹覺得有深度與感性，而變成商人的凱敬又有幾分魅力與實在。

他建議她將故事內容改得更驚悚刺激，加入些性與暴力。

「妳看好萊塢許多好的電影，不也是包裝在性與暴力的外表下？如果妳願意，我們可以合作，我替妳做行銷，帶妳進攻大陸市場！」

凱敬的話鋒一轉，主題變成中文寫作的好處與前景：

「相信我！我也走了不少地方，中國的好山好水，沒有任何其他國家比得上！而且咱們中國人觀念相近，吃的也一樣，何必在國外啃那種乾澀難下嚥的硬麵包？我跟妳說：全世界說中文的人口僅次於英文了，除非妳用英文寫作，否則中文還是最有市場和前途的！怎麼樣？那邊我熟，已經建立了不少關係和管道，跟著我，妳可以減少很多單打獨鬥的時間和精力。」

「跟著我」?!說這話時，凱敬與思緹的眼光不約而同地閃著曖昧。兩人都沒有忘記思緹已婚的身分，這個邀請，是個危險的信號！但是這些時日來的相處，兩人也都心知肚明：彼此互相吸引，朝思暮念，那份灼熱的情感，像火山裡的岩漿，蠢蠢欲動，一觸即發！

「要不要把回去的時間延一延？趁這次回來的機會，去中國走一走？」凱敬慫恿著。「我可是一個很好的嚮導喔！航空公司方面我有朋友，是我的一個忠實讀者，他可以幫忙安排，絕對沒問題！」

思緹默默聽著。凱敬沒有提到她的孩子，一個字也沒有。她就這麼去尋找自己的第二春，那孩子怎麼辦？凱敬說的都對！住在國外十幾年了，對那兒的風景已經麻木不仁，沒什麼新鮮感可言；倒是中國，她一腳都未曾踏上去過！那兒曾是她父親生長的地方，父親在世時沒能陪他回去走一趟，等到父親走了，反倒把她的心向中國揪緊了。那裡，還有許多未曾謀面的伯伯、叔叔、堂兄弟姊妹呢！

「也許真是到了去見他們一面的時候？」思緹想。

再說到吃的方面，凱敬簡直說到她心坎裡去了！思緹一直感慨自己那個中國胃，不管走到哪、過了多少年，還是一個中國胃！孩子和先生滿足於冷冷的麵包加上更冷的奶酪和肉片，但是她再怎麼樣都認為一碗熱熱的、即使沒什麼料在裡頭的湯，都要比那麵包強得多！

但是，孩子怎麼辦？

「沒有人要妳放棄孩子！妳只是先為將來的事業鋪路，等到成功了，功成名就，孩子一定也會以妳為榮！」凱敬說得口沫橫飛。「現在都什麼時代了！女性也有權利去發展自己的才能，總不能一輩子將自己埋沒在廚房和洗衣間吧？妳起步雖晚，但是作品有一定的水準和深度。難道妳不想讓更多人欣賞自己的作品？我們寫作的人，說穿了，就是一方面有溝通的障礙，另一方面又有溝通的渴望。我們需要別人的了解，所以透過文字剖心挖肺，在所不辭！妳說是不是？」

是的，是的！思緹就是渴望丈夫的疼惜與了解；可惜他不懂。語言上溝通半句就起衝突，彼此傷害。而她唯一擅長的文字，他又讀不通！長期下來，兩人變成同一屋簷下的兩座孤島，各自守著自己的心事。

那麼，就去中國嘍？眼前坐著這麼一位有經驗有魄力又成功的文學前輩，又是自己年輕時暗暗欣賞仰慕的人。跟他走，妳就不用再為一塊兩塊斤斤計較，經濟上的窘境將成為過去。妳可以大展鴻圖，實現自己。開玩笑！妳可是頂著博士學位的人哪！被外國老公洗腦了十幾年，為他煮飯洗衣帶孩子，應該也夠了吧？現在應該為自己想想，做一件自己擅長又喜歡的事。難道妳沒有權利對自己好一點嗎?!

凱敬伸手要牽她，她卻有一把摟住他的衝動！

在一個晚上的美食、醇酒、音樂，以及幽靜的月下散步之後，這會兒思緹被送回來，躺在床上。凱敬溫柔的撫摸、深情款款的眼神，道別時貼在她臉頰上久久不肯挪移的吻，現在還濕潤地留在她紅暈的臉上，灌溉著她長久以來枯乾的心靈。今晚他邀她到淡水散步。

「天氣好，可能可以看到美麗的夕陽！」他鼓動著。

淡水的夕陽在她年輕的時候，不曉得看過多少次了。陪在她身邊的男孩，一個換過一個。每次來，都不是純粹為著風景。落日餘暉，只是情侶們談情說愛的背景；依著相愛的人沿著河邊走，體會著兩顆欲融化成一體的心才是重點。

淡水，思緹也和安德烈來過。只是，那時，他們手上牽著的，不是彼此的手，而是孩子的。小孩活蹦亂跳的本性，讓思緹和丈夫兩人只顧著他們的安全，完全沒有任何浪漫的心情與空間。

思緹這才恍然發現：和安德烈其實沒有過過太久的兩人世界。他們根本還來不及探尋對方的性情、想法、過去，甚至問題，就得肩負起為人父母的責任與義務。回想起來，記憶中許許多多的浪漫，男主角都不是後來她選擇的丈夫。

關於這點，安德烈在後來多次的爭吵中，從思緹的口中一點一滴地拼湊出來，讓他心裡很不是滋味，因為他不是擁有妻子的唯一男人。加上他在事業上沒有任何起色，更是讓他對那些曾經佔有過思緹的男人感到特別敏感厭惡。

現在思緹躺在床上，嘴角上因為凱敬剛剛的讚美與體貼所呈現的笑容，在想到遠方的丈夫時馬上又縮了回去！她突然千頭萬緒，沒有辦法仔細思考，只想倒頭大睡一場，明天的事明天再說。

## 6. 掙扎

該不該改機票？思緹猶豫著。自從凱敬向她提議一同去中國後，思緹便一直拖延決定，遲遲不肯給他一個肯定的答覆。但是現在，已經到了最後期限。下星期，是回去歐洲那冷冰冰的家，還是去中國開創自己的一片天？

離思緹原訂回程的日期愈近，凱敬就愈是殷勤。現在他們幾乎天天見面，像一對陷入熱戀的男女。只有那最後一道防線，被思緹緊緊把守著。每當思緹依偎在凱敬身邊，她就覺得自己心意已定：下半生的幸福，就交給這個男人吧！但是，每次一這麼想，心裡又會馬上憶起那則有關「斯凡」的報導：

一個叫貝蒂的美國婦女，在流產兩次之後，終於又懷了孕。胎兒三個月大時，醫生透過超音波與抽血檢查，發現貝蒂腹中的胎兒頭太大，手臂與腳卻太短，比例相當不正常。兩個星期之後，胎盤染色體檢驗的結果又顯示：胎兒可能得了一種罕見的骨科疾病，導致胸腔發育不健全，壓迫肺的發展，將來的存活率非常非常低。

這時，貝蒂面臨一個抉擇：要不要墮胎？醫生們說：鮮少有父母碰到這種情況，還願意繼續懷孕的過程，大部分的人都選擇終結胎兒的生命，長痛不如短痛。不過，這決定必須由貝蒂自己下。

接下來的三天，是貝蒂這輩子最難熬的時日。有時候她想乾脆墮胎了事，反正孩子的死只是遲早的問題。但是下一刻又責備自己怎麼可以有殺害胎兒的想法？就在左右為難，無法做出決定的當兒，貝蒂的嫂嫂跟她說：「胎兒將來無法存活已是肯定的事實，如果現在妳決定墮胎，沒有人會責怪妳；相反地，所有人都能諒解。但是如果在妳內心深處無法百分之百肯定這個決定是正確的話，妳將永遠無法得到平安。現在問題是：妳選擇熬過這幾個月，好讓自己心安理得，毫無愧咎可言；還是選擇墮胎，同時得承受將來可能永遠無法原諒自己的風險。」

貝蒂選擇不去墮胎。

他們為這個男嬰取名叫斯凡。斯凡生下來以後，只活了一個小時就停止了心跳。但是貝蒂三歲的大女兒為這個小弟弟買了一件睡衣，選了一個泰迪熊，全家每一個人都用深深的擁吻來與斯凡道別。

貝蒂從來沒有為她當初的決定後悔過。她說：她做她能力範圍內能做的事，其餘的就交給上帝。喪子之痛雖然花了很長一段時間才平復，但是貝蒂無法想像當初如果選擇墮胎，今天她將會多麼自責！

這個故事還有一個喜劇終結：三年之後，貝蒂生下一個男嬰，是個完全健康的可愛寶寶！

別人家死去的孩子跟思緹要不要改機票有什麼關係？

思緹只是想：如果貝蒂當初決定拿掉孩子，所有的人都能理解，不會有人責怪她。她要面對的，只是自己的良心。

安德烈這個男人，七年來一直沒有盡到為人夫、為人父的責任與義務。在今天這個離婚像喝水一樣頻繁的世代，換成別的女人，或許早就跟他一刀兩斷。那麼，思緹為什麼還要做他的黃臉婆？

她思量著去留的問題、決擇的意義。是不是真的？人的一生，就是他所有決定的總和？是不是真的？作決定時，如果只想到自己，下場一定會非常悲悽？想保存自己生命的，反要喪失生命？為了愛情、理想而離開，難道就會比為了孩子的幸福而留下，來得高貴可敬？

人生，真的可以像手中的一團麵粉，任你左捏右揉，要做披薩做包子做饅頭，任君選擇？

她現在所要追求的解放，是不是真的自由？為什麼過去不屑一顧的錢財、名利，現在卻像天羅地網一般，密密層層，讓她無法逃脫？

再說，關於婚姻，她不是早已在「選擇」之後了嗎？

不行！思緹要讓她這個「婚姻孩子」繼續生存下去，也許還能有一線生機。

也許在她和安德烈都無能為力，都爛死被擊斃，就會有一粒希望的種子，得著從天而來的愛的養分，開始萌芽、更新？

如果他們還堅守在婚姻裡！

才這麼想著，電話鈴響了！午夜十二點。凱敬彷彿看見思緹睜大著眼睛，無法入眠；彷彿聽見思緹做著抵抗他的決定。他打電話來，說今晚不知怎麼地，思緒澎湃，無法平靜。他一心一意只想念著她，想過來看她，跟她在一起。

思緹想到剛剛腦子裡的爭戰，於是極力按奈住心裡那股暖暖的感覺。

「不了！時候不早了！」她好不容易吐出幾個字，卻發現聲音非常不自然。

「只要一下下，幾分鐘都行！」凱敬察覺出思緹語氣裡的排拒，但是他不肯放棄。

「我下禮拜回德國，最好不要再見面了……。」思緹鼓足勇氣說。

「妳決定了？」凱敬的心往下一沉。「那我更要過去……只要看看妳……希望妳過得好……」

思緹很想說：「自從跟你重逢後，我就過得特別好，也特別不好。」但是她忍住沒說出口。沉默了幾秒鐘，突然話筒裡傳來一陣輕柔的女聲，幽幽地唱著：

夜裡，跟我一道走

好讓我為你寫首歌

跟我一道走，讓我們雙唇相印
我將永不停止，愛你……

這首歌思緹非常熟悉，還能從頭到尾，一字不差地唱一遍。她知道凱敬藉著這首歌向她提出邀請，一字一句，重重槌打她的耳膜！思緹想哭，想笑，想大叫；她覺得自己要瘋了！電話那頭，凱敬在低語、苦求：「跟我走！跟我走！求妳跟我走！」

究竟該怎麼辦?!思緹像長途跋涉躲追兵一般，身心俱疲！為什麼、為什麼？年少時那段極可能發展，卻因為無名的原因而早早無疾而終的感情，在他們倆都進入中年以後，竟排山倒海，壓得她喘不過氣來！思緹想：就再這麼一次吧！跟他見最後一面。要分手，也得好好說再見，不是嗎？

「明天吧！現在晚了，我早已經不能再通宵熬夜了。」思緹將凱敬的邀約硬是移到隔天下午。

兩人約好在故宮博物院的至善園門口見。

## 7. 曲終

獨處時的理智分析，在凱敬面前，竟變得毫無份量與力氣。當凱敬緊緊擁她入懷，思緹便希望自己永遠不用作決定，用不著失去心儀的情人，也不用傷害或打碎自己的婚姻。但是，那裡找得到這種魚與熊掌兼得的辦法呢？

她和凱敬在園裡走啊走，穿過仿古的蜿蜒長亭，過了拱橋、看了池裡碩大鮮豔的錦鯉。思緹一路心事重重，她很想回應凱敬的溫柔問候，但是又怕一卸防，她就再也無力逃脫。幾次瞧見凱敬焦急哀怨的面容，思緹空有萬分的不捨與心痛，她想開口、想依偎、想擁抱，但同時又覺得不應該再有任何鼓勵他的動作。

眼見打不開思縵的心門，凱敬嘆了一口氣，說：「去看場電影吧！」

電影院將凱敬和思緹拉回了當年的劇場，不同的是，當初他們是台上積極的演員，現在，則是被動的觀眾。但是，魔術的魅力，同樣在他倆的內心發酵、膨脹。螢幕上演的是婚外的不倫之戀，但是電影中的男女主角彼此愛得難分難捨，壯烈地為愛情犧牲，讓觀者覺得可歌可泣。思緹想到自己現在也是深陷三角習題中，無法自拔，但是她和凱敬的故事，又有誰來歌頌呢？

想到這兒，思緹不禁把頭靠在凱敬的肩上，簌簌地哭了起來。

他緩慢地將手放在她的手上，緊緊握住。思緹在心裡吶喊：讓時間停止吧！就讓我永遠在他的懷中，吸允他的味道、他的溫暖、他的關懷。

但是時間當然不會停止。當影片結束，電影院倏地一片明亮，思緹趕忙抹去臉上的淚水，挨著凱敬身邊不願走。兩人無言地坐了好一會兒，兩隻手一直沒放開過。不久有人進來掃地清場，他們不得不站起身，往出口走去。

離開黑暗的戲院，來到陽光下，人車喧囂熙攘，浪漫的情懷沖淡許多。思緹倒吸一口氣，像是要向自己證明什麼。她僵硬艱澀，但意志堅決地伸出手：「這些日子……謝謝你……保重了！」她的聲音顫抖得厲害，眼淚幾乎要奪眶而出。

凱敬感染了思緹的哀傷，像要死命抓住從指間滑逝的流水，雙手緊握住她。

「妳知道，我對妳的感情，十五年前就該向妳表明了。」

「但是你沒有……。而且現在也不是十五年前了。」她的聲音極其柔弱。

她彷彿又看到當年落幕散戲時，男女主角間交換的目光。不同的是，當年那熱情卻靦腆的神情，如今加上一層好深的世故衰老與滄桑。當年的她，出於矜持與恐懼，沒有一頭栽進他的懷抱；但是今天的她、現在的她，此時此刻，丈夫在千里遠，有什麼可以阻擋她不去享受這份熱烈追求、這股激情？她內心煎熬著、撕裂著……。

他凝視著她，穿透她的心。

「啊……！是莊凱敬！」對街有兩個年輕女孩，尖聲大叫，不顧紅燈的阻擾跑了過來。

「上我家去！妳知道我的車停在哪裡！」在粉絲跑過來之前，凱敬很快地說。

思緹退身一步，讓開位子給要求簽名的年輕粉絲。雖然內心撕絞著，但這一退步的動作，讓她窘困地不得不連帶轉身離去。

然而腳步是猶豫緩慢的。她知道他在背後看她，用他那一雙捉摸不定的眼神。她不知道要向左還是向右；她不知道自己要什麼。

眼前這璀燦、五光十色的世界。街頭穿流不息的名車、美衣、名鞋；他的追求、渴念、對她的想望……。安德烈會不會感謝她為他們的婚姻所做的犧牲？說不定他還根本不領情?!想到這，思緒又是滿心的委屈與怒氣。相較之下，此刻在身後注視她的男人，是那麼真實、穩定，像一座山，可以讓她靠；像一潭湖，準備讓她躍進，包容她的一切！

她轉過頭來，他已經站在車門邊，等著。

她開始走向他。先是慢步，但是他勝利滿意的笑容鼓勵著她，她便開始跑起來，死命地跑向她尋獲的幸福！她要去嗅嗅成功男人的氣味，去享受真皮椅套的舒適，去他那有警衛看守的高級公寓，去他的大床上，去拋開所有道德良心與禁忌……。

突然，一陣車輪刮向柏油路面的尖銳聲劃過喧擾的大街，一輛疾駛的計程車煞車不及，重重地朝思緹腰部撞去！只見她輕盈的身體被拋到五公尺以外，她的頭、連帶著飛散的頭髮，不偏不倚地擊中路邊的水泥柱，再彈回旁邊一輛機車的把手上；兩三秒的時間，一具殘斷的屍體，倒在黏稠四溢的血泊中。

凱敬摘下剛剛才戴上的迪奧太陽眼鏡，嘴角邊上原本的勝利驕傲，下滑成一張扭曲張大的嘴。湧入圍觀的路人很快阻擋了他的視線，先前那兩位要求他簽名的粉絲還拔得頭籌，搶到了最前面的位置。

「有人看到我和她在一起了嗎？」凱敬想到明天報紙社會新聞版上可能出現的標題：「名作家成小三？紅粉知己慘死輪下！」。

他打了一個哆嗦，在思緒回來以前，發現自己已經戴回奧迪眼鏡，縮身進入敞篷車中，急急駛去。

# 生日禮物

恩娜天未亮便醒了。她需要的睡眠原本就不多，現在右腿被打上石膏，翻身困難不說，還隱隱作痛，就更不用期待好眠了。

隔壁床上躺著一個約莫五歲的小男孩，額頭上紮著一個大包，手臂打著石膏，是鮮豔的橘色。昨天夜裡被送進來，咿咿啊啊地。恩娜聽見男孩的母親壓低嗓子跟護士說：「鄰居的野孩子一把將他從溜滑梯上推下來，還好他反應快，只跌斷手，運氣不好是會死人的！」

恩娜閉著眼裝睡。「小孩真麻煩，」她在心裡嘀咕。自己的腿傷嚴格說起來，也是一群吵鬧的孩子害的。他們對她指指點點，眼神和態度都擺明著：「妳在這兒幹嘛？」的嘲諷和疑問。恩娜不服氣：我沒有心臟病、高血壓，更沒有懷孕，你能擋我嗎？我是有點頭暈目眩沒錯，但是你們不也尖聲怪叫？沒比我好到哪去！

就在恩娜回頭瞪那群又推又擠的孩子當兒，突然重心不穩，摔個四腳朝天！

入院五天，沒有訪客、沒有慰問的電話。跟其他病人的滿床鮮花，來客絡繹不絕比起來，恩娜認為自己至少可以保持耳根清靜。她早就習慣一個人過日子，三五天不說一句話不是什麼大問題。討厭的是她沒帶書在身邊，病房裡的電視也不是她專用，拖著一個厚重的石膏腿，她實在沒興趣去和別人搶看節目。

那還能幹什麼呢？不就是整天對著天花板發呆、等護士進來量血壓、醫生過來巡房、十二點的午餐、五點半的晚餐。

哦！如果隔壁床男孩可以停一停手裡的電動玩具！那啾啾砰砰的聲響，惹得人心煩氣躁。這一代的孩子真是被電子產品蠱惑麻痺得不輕：電腦、手機、數位相機……連住院都還是個「低頭族」！還好自己生在這一波電子詛咒世代之前，沒有結婚、沒有孩子。

她倒不是討厭嬰兒身上的乳香，有時瞥見他們肥胖的笑臉露出兩顆小乳牙，倒也覺得挺可愛；甚至偶而幫他們換換臭氣沖天的尿布都沒關係。恩娜憎惡的，是那種不自由的感覺：被孩子綁手綁腳，不能自己決定一天時刻表的束縛。尤其，你能跟一兩歲的孩子議論什麼？他們不僅不可理喻，而且吵起來，總是他們贏，不是麼？

自由是最重要的；自由，是恩娜生活的指標、不容放棄的原則。「我不犯人、人不犯我」是多麼理想的境地！每次聽見女人因為丈夫、孩子得做許多妥協，恩娜就感到厭惡。

保持單身，她就不需要對誰讓步。何況，她哪裡需要別人的認同和許可呢？說得更明白：她哪裡需要任何人呢？這一路走來，她不都好好地？做自己愛做的事，去自己想去的地方。婚姻？她認識夠多破碎關係下的怨偶，何苦去淌這一灘混水？結婚再離婚，吃飽了撐著嗎？

再說到養兒防老，騙誰呢？每天下午圍坐在廣場邊的咖啡屋裡吃水果蛋糕的孤獨老人裡，多是子孫成群之輩。怎麼沒看見他們含飴弄孫、兒女圍繞的場面？

還是自己選擇的生活最好。她清楚記得出事當天，她被周遭喧鬧吵雜的家庭圍繞，自己仰望天空，心想：不用聽「我尿急！我肚子餓！還要等多久？」等等等等的要求與抱怨，多自在！風和日麗、天清氣爽，真是個完美的生日！

若不是這該死的一跤！

恩娜正咬牙切齒之際，同鄉蘇珊牽著六歲的兒子尾隨護士進來。

「妳怎麼來了?!」恩娜超乎自己預料地喜出望外！

「我在超市遇到妳房東，才知道妳住院了。到底發生了什麼事？」蘇珊關心地問。

「摔了一跤，沒什麼大不了！」恩娜敲敲腿上的石膏，輕描淡寫帶過。

護士低頭記錄血壓，臉上露出不敢苟同的表情。「如果我是您，我會離雲霄飛車遠一點。」

「還好我不是妳！」恩娜翻個白眼，在心裡回應。

「雲霄飛車？」蘇珊一頭霧水。「妳跑哪去了？」

恩娜聳聳肩，若無其事地說：「去迪士尼樂園玩了一天。」

「一個人?!」

「犯法嗎？」

「……」

蘇珊兒子的眼睛頓時亮了起來!他拉著媽媽的手，躲到身後興奮地說：

「恩娜七十八歲了都可以，下次生日我也要去！」

# 李四

## 1.

「各位、各位，容我說一句話！」李智站起身，拉直西裝外套，扣上小腹上的釦子，敲響半滿的香檳酒杯。「敝人在下我在美國和歐洲念過書，又在德國住了二十多年，對中西方、兩岸三地在歷史、文化與政治方面，算是小有研究。關於兩性婚姻問題，以下是個人的拙見：」

「對、對！聽聽會長怎麼說！」熱烈的討論嘎然而止，大家面向李智，滿心期待。

「在討論結婚不結婚、禮教不禮教的問題之前，讓我告訴大家一些統計數字：」看見自己成為眾所矚目的焦點，李智滿意地笑笑，清了清喉嚨，「目前的離婚率在世界各地已經超過百分之四十，大都市如紐約、柏林、巴黎等等，離婚的比例甚至逼近百分之五十；中國人也不落人後，十分鐘就可以辦完離婚手續。不過嘛！不管結婚、離婚，或不婚，都不影響生小孩。以奧地利為例，已經有三分之一的小孩是非婚生。各位說說看，這種種現象顯示了什麼？」

「就是大家都不安於室嘛！」趙雷嘻嘻哈哈地打趣。

「你別一竿子打翻一船人，把大家都拖下水！」永易回嗆。

「我早就說嘛，」熱中炒股票的郝騰理直氣壯，「結婚本來就是多此一舉，何必先大費周章地搞婚禮，花錢又花時間，為了什麼呢？結果還不是得分道揚鑣?!運氣不好的話，離婚官司還會讓你傾家蕩產，損失慘重。依我看，聰明的人才不會結婚，你要的享受又不是只有結婚才能得到！」

「你的意思是說：只有傻瓜才會想婚嘍？」趙欣顯得不悅。

「婚姻只會帶來一堆責任與義務，成了愛情的墳墓，真的沒必要！」郝騰說。

「你說沒必要，可是支持婚姻的還是大有人在。」李智趕緊把焦點搶回來。「趙欣不就舉雙手贊成嗎?!」

「趙欣是基督徒，她被洗腦了。」珮珮低聲自言自語。

「我的看法是：」李智繼續說，「這些數據告訴我們，一夫一妻制經不起時代的考驗，是不符合時代潮流的。」

會眾裡大半的人恍然大悟，點頭如搗蒜。

「說起來，還是我們中國的傳統體制最合乎人性，最經得起時代考驗。」李智滿意地說。「傳統中國社會認為婚姻是私事，法律上不作任何規定，因此不論一夫多妻，甚至一妻多夫，都不犯法。」

「看來我們生錯年代嘍！」胡嚴帶頭起鬨。

「無論如何我們可以說：西方的一夫一妻制會隨著時代潮流起反面作用，萌生不必要的離婚糾紛、外遇、欺騙、小三等問題。怪就怪在我們中國人不懂得延續維護自己文化的優點，盲目抄襲西方的婚姻體制，惹麻煩上身，實在非常短視、不明智。」

「那會長的看法，是認為大家可以我行我素，一夫一妻制完全沒有存在的必要嘍？」趙欣有點惱怒。

「一夫一妻制是基督教的主張，回教允許一夫可有三至四妻，中國人則認為是個人的自由。你說哪一個比較合理、比較合乎人性？」

「那好！誰不想享齊人之福?!」永易又開口了。

「我覺得宗教都是勸人向『善』，講一個『信』字，」坐在牆角的琴惠發言了。「只要它的教導不以過分綑綁人性、壓抑個性，以及違背動物天性為代價，那麼宗教作為維繫婚姻的力量來源，可以算是一股正能量。」

「問題是：宗教**就是**會過分綑綁人性、壓抑個性、違背動物天性！」華風振振有詞。

「我話還沒說完……」琴惠張開手掌把華風的話擋著。「沒錯！根據遺傳學的分析，一夫一妻制根本不符合人類的特徵，其實是一種強加的社會體制。會長提出的數據，依我看來，正是人類對人性解放的渴求，顯示社會道德和人性自由之間的矛盾。」

「矛盾的不只是這些。你們有沒有想過：一個人想發展個性，卻被妻子或丈夫限制，還有年老的父母要養、年幼的孩子要哺育，怎麼發展得起來？」敬涵不知道在跟誰生氣。

「好在今天大家有選擇的自由，」李智瞄一眼牆上的時鐘，該是散會的時候了。「要信基督教、回教，或不願受婚姻束縛，都不會有人干涉，謝天謝地！你們說是不是？」說完他「嘿嘿」笑了兩聲，給討論作了總結。

## 2.

李智擔任這個地區性社團的會長剛滿三個月，新頭銜與身分讓他在每次聚會時，從別人的眼神與應對進退中，發現自己變得更有份量了，因此他講話就更大聲、更有自信。這個社團名義上是歡迎各行各業的人士參加，沒有年齡與經濟能力的限制，但是基本上，成員還是以中、老年人，有錢又有閒的自由業人士或大老闆居多。會員每周聚會一次，打打高爾夫、一起吃吃喝喝。聚會地點不固定，多選在台灣各地的風景名勝。會員們競相推薦哪家餐廳的海鮮好吃新鮮、哪家的包厢華麗寬敞，或是哪家的燒烤有歐洲風味。餐會上還會邀請名嘴來專題演講。

在德國生活了近三十年的李智，這兩年因為看見歐洲經濟衰退，人人將賺錢瞄頭轉向中國：德國的各大汽車公司紛紛在中國設廠，瑞士的名錶、珠寶店，奧地利的莫札特巧克力和水晶的主要客戶也是中國來的有錢新貴。因此店家都雇用黑頭髮黃皮膚、會說中文的人當店員，中文在各中學、大學裡大大吃香走紅。李智慶幸自己尚未放棄臺灣護照，至少在「證件」上，他仍然和中國沾得上邊。看見周遭金髮碧眼的大鼻子們一窩蜂鬧中國熱，他突然起了憂患意識，害怕歐洲經濟繼續惡化下去，自己的收入恐怕也不保：靠他父親老本所投資的中國餐館生意越來越差，前景堪憂，連帶地自己每個月分得的紅利就會越來越少；再說寫作嘛！現在都是年輕人當道，年輕的一輩成天埋首「愛瘋」、「愛趴」、電玩中，講究的是短、小、快、炫，誰還會有耐心去閱讀他對時事、政經的長篇大論？文章賣不出去，再過十幾年，等他走不遠、跑不動之後，難道要他去喝西北風？實在應該未雨綢繆，給自己留一條後路。何不順應時代潮流，回台灣看看？趁那邊對歐美的熱情與迷思尚未消退之際，自己頂著歐洲海外學人的頭銜，回去弄個副業，一定有搞頭！

但是該從哪兒著手呢？他第一個想到弟弟李群。李群在台灣知名百貨公司的經銷部擔任經理，何不請他牽線，替自己安排個位子？

這個念頭在心裡逐漸醞釀、發酵、膨脹，終於他按耐不住興奮之情，撥了通電話給弟弟。

「這樣我就會常常回台灣，爸媽的年紀大了，我也可以就近照顧。」李智覺得自己的計畫完美，沒有被拒絕的道理。

但是電話那一頭的李群興致卻不高。「照顧爸媽？」他心想，「說得好聽！這些年來，哪一次爸爸進醫院是你陪著的？」

「你好端端地在歐洲享福不是很好嗎？跑回來跟我們搶飯碗幹嘛？」李群酸溜溜地說。他私底下其實對父親的偏心還耿耿於懷，埋怨當年父親只肯花錢讓哥哥出國唸書，後來還給他一大筆錢去投資開餐館，對他這個次子，卻沒有這麼慷慨。害他只能留在臺灣吸廢氣、拼業績、擠捷運、看老闆的臉色，辛辛苦苦賺血汗錢。

李智沒感應到弟弟的情結，反倒把他當客戶一般，使出自己的三吋不爛之舌，好說歹說、滔滔不絕地描繪他的美夢。最後，他提議六四分帳，讓弟弟分紅，李群才點頭答應。

不久，李群便運用自己經銷部經理的身分與職權，替李智搞了個「歐洲專員」的頭銜，幫百貨公司引進歐洲的新產品。

事成之後，李智眉飛色舞、趾高氣揚地每三個月飛回台灣，提供新產品的資訊；機票、住宿費全部報公帳。慢慢地，在他摸清了台灣的市場、皮夾裡蒐集滿滿鼓鼓的各家董事、經理、代表的名片之後，便開始食髓知味，享受起這種空中飛人的生活，穿梭於台灣和歐洲之間，賣賣自己「東西文化專家」的身分，並且可以因為飛來飛去的忙碌，讓自己有種「很重要」的感覺。或許是在歐洲當個低聲下氣、沒有聲音、不受尊敬的二等公民久了，現在他特別享受自己在家鄉所受到的禮遇，眷戀起台北的方便多元、夜生活的精采繽紛。

於是，他從每三個月飛一次，每次待一週；漸漸變成每月飛一次，滯留大半個月。尤其在他加入這個社團之後，李智更像找到了新的人生舞台一般，一掃過往在歐洲生活時的安靜低調（德語說得再好，總是比不上土生土長的德國人嘛！），喜歡讓眾人圍繞，口沫橫飛地講德國家庭主婦如何會做精緻可口的黑森林櫻桃蛋糕、德國車如何耐用、自來水如何純淨；冬天，綿白的雪多美；春天，鳥多語、花多香！聽得那些白手起家、ABC都不認得的大老闆們羨慕不已。只要他說一句：「我從德國來的。」餐廳老闆便堆滿笑容、打躬作揖捧著名片遞過來。

李智長得人高馬大，聲音低沈又富有磁性，雖然已年近半百，又長期住在德國，但是既不禿頭又沒有德國男人特有的啤酒肚。社團裡的人喜歡聽他講德國的院子裡會出現的刺蝟，愛他腳上的德國皮鞋、手上拿的歐洲鋼筆。結果他入會不到一年，就成為競選會長的熱門人選。

競選期間，李智特別買了許多歐洲的乳酪、巧克力，和觀光景點的鑰匙圈回去分送會員。花的錢不多，卻為他贏得了不少人心及選票。最後他果然高票當選，得以在自己的名片上多印上一個好聽的頭銜。

當選會長之後，李智更加樂不思蜀。妻子齊齊抱怨她一人在家帶孩子，壓力負擔太重，他回嘴說：「誰沒有壓力？」自己這般辛苦，還不是為他倆的將來鋪路！說完從西裝口袋裡掏出一個首飾盒，亮出裡面的一副銀耳環，拿給妻子。齊齊的嘴像被膠布封住了一般，頓時閉了起來。

要說有什麼事情讓李智掛心，大概就屬他兩歲半的小兒子偉康了。每當偉康在電話裡稚嫩地叫：「把拔回來、把拔回來！」時，他就不禁心軟，想回去親親他肥胖的臉頰、聞聞他身上的乳香、拉拉他那像洋娃娃一般有著一顆顆小洞洞的肥胖小手。

李智和妻子結婚二十年，大女兒偉嘉十五歲、二女兒偉涵十三歲，跟一般的歐洲孩子一樣早熟：畫上眼線、塗上睫毛膏、登上高跟鞋之後，出落得宛如二十幾歲的成熟少婦。偉康是李智年過四十才喜獲的么兒。他從不以為自己是重男輕女的大男人，但是偉康一出生，他才發現自己如獲至寶，走到哪兒都是「康康這兒、康康那兒」地。出國回來，他的行李箱中，大部分的禮物都是給偉康的。

「又是汽車！上次買的他都丟在一邊，碰都沒碰一下！」齊齊不滿丈夫花錢買沒必要的東西。

「你哪知道？說不定哪天他就會找出來玩。小孩子嘛，就是要給他們多一點選擇，才能啟發智能。」

「你不用擔心他的智能，他的鬼點子可多著呢！自己的玩具不玩，跑去搶別人的；別人不給，他就咬人家，要不就拿沙子灑人家一身。糾正他，他非但不聽、不怕，還大吼大叫，亂使性子。」

「這叫有意志力，懂得去爭取！」

「什麼？」齊齊不敢相信丈夫的反應。「你知道嗎？他非常叛逆，老是跟幼稚園老師唱反調。老師要大家坐下，他偏偏站著；要他安靜，他就故意敲桌子製造噪音。我已經被園方約談好多次了，他們說再這樣下去不行，要我們想想辦法。」

「怎麼不行？我們家康康就是有想像力，」李智非常志得意滿。「真是虎父無犬子，這小子跟他爸一樣有創意！」

齊齊不禁翻了翻白眼，明白跟丈夫談孩子的教育根本是白搭。他不僅不在家，不清楚狀況，還寵孩子寵得不像話，連兩個女兒都看不過去。

「你再這樣護著康康，女兒們要抗議了！」齊齊生氣地說。

「抗什麼議?!她們不幫忙照顧弟弟，還敢發怨言？」

「她們自己的問題夠多了……，」齊齊停了一下，不確定該不該繼續說下去。「你沒發現嗎？涵涵最近越來越瘦，大腿幾乎跟小腿一樣細了。我擔心……。」齊齊面帶憂愁。

「哎呀！女人家，就知道擔心這兒、擔心那兒地。我不覺得她有什麼異樣，女孩子愛漂亮，喜歡瘦瘦的，很正常嘛！」

「一點也不正常，再這樣瘦下去……，」齊齊的聲音變小，「會不會得了厭食症？」

最後那句話李智已經沒聽到了，他忙著整理手上那一疊新蒐集來的名片。

齊齊走到他身邊，一隻手放在李智的胳膊上。「還有嘉嘉，最近她常常躲在被窩裡哭，可能是失戀了……。」

「失戀？再找不就是了！天下男人這麼多。……好了、好了！妳別煩我了。那件米黃色襯衫燙好了沒？我明天要穿！」

齊齊面有慍色，卻又不敢發作。她從衣櫃裡拿出熨燙得平平整整的襯衫給李智。

「這次要去幾天？」她問。

「還沒個準！台灣的床墊市場競爭激烈，美國品牌占了大部分，歐洲產品想打入並不容易。我還不知道百貨公司方面的接受度如何，究竟願不願意引進。」

「幹嘛不介紹一些小一點的產品，也省得麻煩，比如維他命片、保養品之類的。」

「妳別來攪和！我自有主張。」

「頂多兩三天應該就可以談完了吧？」齊齊實在想知道丈夫這次究竟要離家多久。

「什麼兩三天?!不光是百貨公司方面，自輔會那邊也有一大堆事要處理。妳以為我這個會長這麼好當啊?!那些有錢人，個個跩得要命，眼睛都長在頭頂上，誰都不服誰！光是聚會地點就可以討論好幾天。」

「不就是吃吃喝喝嘛！談不了正經事。」齊齊小聲嘀咕。

「妳懂什麼？像上次，我們可是正經八百地針對現今的婚姻制度進行了一番激烈的討論。最後當然還是我的看法最具有說服力。」李智不忘給自己嘉獎一番。「他們那些長年住在小島的井底之蛙，連自己的中國文化都搞不清楚，更別說是國際的情況了。」

「婚姻制度？」齊齊的好奇心來了。「說來聽聽！」

李智將討論的內容簡略地說一遍，特別強調自己的論點和提供的有力數據。

「我跟他們說：『今天各人有選擇宗教信仰的自由，謝天謝地！』一句話讓大家佩服得五體投地。」李智想起當天的場面，很是得意。

「那你們交際應酬叫小姐作陪，是屬於哪一種宗教？」齊齊酸溜溜地說。

「唉！那只是男人商場上的逢場作戲，沒人當真，妳別模糊焦點好不好？最好不要跟我討論宗教，人類歷史上以宗教之名彼此迫害，打來打去，不知道死了多少人！我沒必要去淌這灘混水。」

「你是說，你不信任何東西嘍？」

「哦，不是！我信的東西可多了，比方說貓王普力斯利，他就是我的神！」李智乾笑了兩聲，暗地裡希望齊齊馬上閉嘴，結束這個無聊的信仰話題。「我準備去睡了，」他把行李箱蓋上，逕自走進浴室梳洗。

## 3.

李智最不喜歡妻子問他在外面的行蹤和活動，他不喜歡那種被審問的感覺，還得不時替自己辯護、找藉口。原本他自己一人回台灣逍遙，妻子留在德國，天高皇帝遠，最自在不過。好巧不巧卻半路殺出個程咬金，自輔會裡竟然有個齊齊的國中同學！

話說李智當選會長之後沒多久，齊齊回台灣參加姪女的婚禮，正好趕上國中同學會。她離開台灣已久，對國內正熱門的話題一點都不熟悉，聚會時只能安靜坐著，乖乖地當個聽眾。同學中，惠文和怡芬向來是最聒噪的姊妹淘，如今三十多年過去了，小時候的本性卻依舊。兩人一唱一和，高談闊論時下流行的歌曲、八卦和明星，惠文還抖出許多大家不知道的內幕。

「妳的消息怎麼這麼靈通？哪裡聽來的？」怡芬問，有點嫉妒。

「有個叫蘇中逸的有沒有聽過？他是電影製作人，跟我在同一個社團。要知道明星們幕後的真面目，問他就對了！」惠文回答。

「誰有閒時間參加什麼社團?!」

「喂！我們這個社團不賴哦！會長是一個在歐美念過書、喝過洋墨水的知識份子，有很好的家世背景，長得一表人才，講話也頭頭是道，很會引經據典，把大家唬得一愣一愣地。」

「你『煞到』人家了是不是？」怡芬扮了一個鬼臉。

「別亂說！給我老公聽到了可是會出人命的！而且對方也是有家室的

人，只不過啊……，」惠文曖昧地說，「他把妹的技巧高超，要是奉承吹捧你，一雙眼睛會彷彿看進你心裡去，讓你以為全世界只有你的眼睛最深邃、唇型最美、皮膚最光滑、最會保養。每次我們社裡開會，他都像蒼蠅黏著蜜糖，跟單身的女會員打情罵俏。」

「哎呀，來明的總比偷偷摸摸的好吧？」旁邊有人插嘴。

「現在也用不著偷偷摸摸的了，『小三』當道，不是嗎？」

「那是在我們台灣……，咦，對了！齊齊，德國的男人會不會也搞包養、婚外情之類的？」惠文突然點名提問齊齊。

這時大家都把目光轉向坐在一旁、不吭一聲的齊齊，讓她感到有點不自在。

「我怎麼知道！我又沒嫁德國佬。我們的鄰居看起來都安安份份的……，不過，我想亂搞的一定也大有人在吧！」

「妳最好命了！嫁了一個有錢老公，又住在風景秀麗、空氣新鮮的歐洲。妳平常一定都待在家裡，不管世事對不對？不像我們，沒有雙薪實在很難過活。」

「我孩子、家務都忙不過來了，哪裡還有時間管別人家的事?!其實我哪裡好命？老公成天飛來飛去，一天到晚不在家……。」

「喂，對不起，update一下，」怡芬插進來，「妳老公是做什麼的啊？」

「他啊？平日看五份報紙，研究時事，然後寫文章評論政經新聞。這幾年他突然沒事找事幹，想回台灣發展，現在是宏梵百貨的歐洲專員，還加入一個叫什麼「自輔會」的社團，結果被選上會長，所以才會一天到晚不見人影。」

「自輔會？」惠文大叫！「我就是在自輔會！我說的新會長就是……難道……他是不是叫李智？」

齊齊的臉色不禁大變，恨不得有個地洞讓她鑽進去！

那天齊齊一路鐵青著臉回家，一進門劈頭就質問李智：原來外面野女人的眼睛最美、嘴唇最性感是不是?!你嫌我的胸部不夠大，比不上外面的鶯鶯燕燕是嗎?!

齊齊大吵大鬧，幾乎把屋頂掀了！她揚言往後要放下孩子，他到哪她就跟到哪，看他還能去吸引勾搭多少女人！

「真是丟臉丟到家了！你沒看到我那些同學的表情，好像我是被遺棄的可憐女人！他媽的！」齊齊不禁髒話出口。「我當年可是帶著大筆嫁妝『下嫁』給你的，你竟敢如此羞辱我?!」

李智壓根沒想到，天下這麼大，偏偏會在自輔會裡出現一個妻子的舊識！他好說歹說，外加贈送昂貴的項鍊、戒指，荷包大大失血，好不容易才把她安撫下來。

從此以後，齊齊的言談之間總是透露對他的不信任，惠文彷彿她的私家偵探，成了她在自輔會裡的眼睛和耳朵。

「妳真是不夠意思哦！」李智向惠文抱怨，「沒必要芝麻蒜皮小事都跟齊齊報告吧？」

「白天不做虧心事，半夜不怕鬼敲門。」惠文基於三姑六婆心理，加上「老同學」的交情，她樂於作齊齊監督李智的耳目。

不過，李智也不是省油的燈。他一到會裡，便首先查詢惠文的身影；如果她在場，李智就特別安份。再說，台北這麼大，女人也不是只有自輔會裡才有。不論什麼場合，李智只要掏出印有歐洲專員、學者、會長等頭銜的名片，那些打扮得花枝招展的女人便唯唯諾諾、爭相成為他的紅粉知己。

對李智來說，所謂的「拈花惹草」並不值得大驚小怪。男人嘛！哪有不偷吃的道理？只要記得偷吃後把嘴擦乾淨就是了。況且，他再怎麼樣都會拿錢回家，把家安頓好好的，從沒讓老婆孩子餓過一餐。比起其他許多不養家、不負責任的男人，李智覺得至少可以給自己打個九十分。偶有外面的風風雨雨落入齊齊的耳裡，李智也懂得編個他自認為的「白色」謊言，讓妻子安心，省得她跟你鬧家庭革命。妻子知道得越少，天下就越太平，對大家都好。再不然，他也會故意失去耐心，擺出一張臭臉，提高嗓門說：「跟妳說是那女人自己來倒貼，我只是敷衍敷衍她。妳嫁的是一個有紳士風度的男人妳不知道嗎？」或是：「那只是一個意外，很快就結束了，也不是什麼大不了的錯誤，妳怎麼還耿耿於懷?!」看到妻子被嚇唬住的樣子，李智再補上一句：「小心眼的女人最不可愛了！」

## 4.

春天，是歐洲最宜人的季節。別人因為花粉過敏不斷打噴涕、眼睛紅腫得像兔子，李智卻一點也不受影響。相反地，他不喜歡台灣的梅雨季。在歐洲住久了，他感覺自己抗潮耐熱的能耐似乎也減退了。因此當李群說近日台灣陰雨連綿，悶熱又潮溼，李智回台的腳步就稍微慢了下來。而且他最愛新鮮的草莓和櫻桃，目前歐洲正是盛產的時候，於是李智索性把回台灣的機票延了，破例在家多待一個禮拜。

偉康這個小兒子是李智的最愛，平常抱抱他、逗他玩玩，並不花什麼力氣，但是要李智整天陪著他，聽他「把拔拿這個」、「把拔看那個」的，李智很快就失去了耐心。尤其他不熟悉兒子的習慣與作息，照顧起來簡直要他的老命！他把一整箱玩具撒在兒子面前，偉康仍然無動於衷，想扯下爸爸手中的報紙，拉他去院子玩堆沙。

李智好說歹說、連哄帶騙，終於將兒子的注意力轉移到兩輛玩具車上。趁康康趴在地上滑動汽車的空檔，李智一屁股癱倒在沙發上，好不容易把一篇報導的標題看完。

從財經版到時事、再從社論到體育，在李智翻到娛樂版之前，他不禁摘下眼鏡，揉揉疲憊的眼睛。這時他才注意到康康不是在玩賽車，而是用兩輛車子玩親嘴遊戲！

「這小子，真是想像力豐富！」李智不禁莞爾。

「你把車子拿來幹嘛啊？」他把兒子抱到膝上。

「紅色是媽媽，綠色是叔叔。」康康邊說邊把兩輛車頭黏上，做出親嘴狀。

李智一驚，責問說：「什麼叔叔?!」

「大鬍子叔叔啊！」康康覺得爸爸問的問題很奇怪。

李智一下子坐正了，「這個大鬍子叔叔常來家裡嗎？」

「嗯！我們也會去公園玩。」

「我們？」李智越來越不安了。「媽媽也去？」

「對啊！媽媽和叔叔手牽手，玩親親。」康康再度把手上的兩輛車頭對上。

「你媽媽她……?!」李智快要按耐不住了，但是他覺得自己得再多問點資訊。

「大鬍子叔叔對你好不好？」

「好！他一來就會抱我、親我，可是我不喜歡他的鬍子，很刺！」

「那媽媽喜歡叔叔的鬍子嗎？」

「媽媽不管！她不穿衣服跟叔叔抱抱沒關係。」

康康不知道爸爸的臉色為什麼一下子變得那麼鐵青，大腿還突然抖了一下，害他差點掉到地上去！

「好個賤女人！」李智不禁咒罵。「跟我玩陰的！……弄個鬍鬚男搞偷吃！」

「把拔！」康康拉著李智的衣袖，「什麼時候去麥當勞？」

「玩你的車去！」李智把兒子放下，「別煩！」

齊齊一進門就發現氣氛不對，「康康呢？」她小聲地問。

「妳還知道關心康康？」李智沒好氣。

「你這是什麼話？難得你在家，我出去逛個街買件衣服，就叫做不管兒子啊？」

「買衣服？」李智把齊齊手上的購物袋抓過來，「買什麼衣服？是不是性感睡衣，好去勾引男人?!」

「你發什麼神經病？」

「不要以為我不知道！隨便放男人進家門，還在兒子面前跟人家公然親熱，妳究竟要不要臉?!」

齊齊一驚！不由得轉過身去。

「妳說話啊！看妳有什麼好藉口?!」李智不善罷甘休。

「你哪聽來的流言？」齊齊的聲音不自覺地軟下來。
「夜路走多了？碰上鬼了吧！康康機伶，妳逃不過他雪亮的眼睛。」
「孩子的話不能信。」
「妳當我白痴啊？康康聰明得很，他又不是瞎子！妳給我說說看，那鬍鬚男究竟是什麼人？」
「普通朋友。」
「騙鬼！妳是賤女人啊？隨便跟『普通朋友』親親抱抱？」
「康康不懂，他胡說。」
「他說妳沒穿衣服……」李智不禁叉腰抓頭，一腳把齊齊的購物袋踢得老遠，「簡直不要臉！」
齊齊也火了！李智左一句「不要臉」、右一句「賤女人」，把她說得那麼不堪。
「怎麼？我不能有異性朋友嗎？」

「妳這叫做不安於室、紅杏出牆！」

「你沒資格這麼說我！你自己也好不到哪裡去！」

李智聞言，高舉手作勢要打下去。

齊齊反射動作地用雙臂保護自己的頭，對於丈夫的企圖暴力相向，她感到相當憤怒。

「你敢打人?!」

「打妳又怎樣?!不好好教訓教訓妳，妳以為老子好惹！」

齊齊一個箭步，跑進臥房，「喀啦」一聲把門給鎖了。

李智追過去，用力槌打房門。「有種亂搞男人，沒種出來跟我對峙？」

「對什麼峙？」齊齊隔門喊著。「你不是也在外面跟不三不四的野女人親熱、調情，怎麼沒見你回來跟我認罪？」

「妳……」李智頓時語塞。他用腳使勁兒地揣了一下房門，「看妳能躲多久！」

## 5.

妻子會在他背後亂來，是李智做夢都沒想到的。男人可以越老越俏、越來越有吸引力，但是女人年過四十就沒戲唱了，不是嗎？像他，這些年來，頭髮漸次變白，現在幾乎找不到一根黑髮。但是誰在乎？男人的華髮代表智慧、成熟，在女人眼裡可是權威與魅力的表徵！但是齊齊自從發現第一根銀絲開始，就不時攬鏡自照，尋找白髮的蹤跡，然後再一根一根地、很有耐心地拔掉。等到實在拔不勝拔的境地，她就開始染！哪一個女人會認為自己頂著一頭老奶奶似的白髮還能性感嫵媚的？這點他最清楚了，不是嗎？平常他會去搭訕、勾搭的女人，不都是花樣年華、胸挺腰纖，頭髮烏黑亮麗的年輕女子？最多三十出頭，再老就不體面、不性感了。

「齊齊……，她早在擁有致命吸引力的女人範圍以外，她……，怎麼可能？」李智向來對妻子「超級」放心，因為齊齊不僅已經四十五歲，頭髮染了兩、三年，而且還有孩子要照顧，她哪來的時間？莫非……？

李智這才發現自己已經很久沒有仔細看妻子了。他努力回想，不得不承認齊齊的身材還維持得不錯。嬌小的個子、削短的頭髮，跟周遭二十來歲便滿臉皺紋的西方女人比起來，她確實顯得年輕。即使剛剛跟他齜牙咧嘴，額頭依然光滑平整，沒有一條抬頭紋！「洋鬼子根本看不出我們東方人的年紀。」是的！李智不得不承認：齊齊還是有那麼點「市場」競爭力。「可是，即使如此，她也不能……！」

想到別的男人（而且還是體臭強烈、留著噁心大鬍子的洋人，誰知道他衛不衛生?!）的手在妻子身上摸來摸去，黏濕的舌頭、下體……，李智便激動莫名，渾身不自在。他恨不得把那男人給閹了，然後再給妻子裝上貞操帶，看她以後還敢不敢亂來！

兩個禮拜之後，李智必須帶一批貨回台灣。這一次，他獨自去機場，齊齊帶著康康參加幼稚園的園遊會，不願去給他送行。失去了往日回台灣時的高昂興奮之情，他失魂落魄地坐在候機室裡，滿腦子甩不掉妻子的不忠與出軌。

「是不是中年危機？」李智想。「他媽的！女人家搞什麼危機？沒有工作壓力，在家當少奶奶還不滿意？根本是狼虎之年，不甘寂寞！還說不是賤女人?!」李智突然覺得齊齊變得好骯髒、好沒尊嚴。他沒必要跟這種沒自尊、沒品的女人糾纏。「不理她個幾天，看她還敢不敢不爬著回來求我原諒！」

李智沒料到的是：他不給家裡打電話，齊齊也沒有任何音訊。原本李智以為事情被揭發之後，妻子會收斂回改，還琢磨著該不該原諒她、要訂下什麼條例等等。沒想到齊齊一不做、二不休，既然丈夫知道了，她就不再隱瞞。傑克——她的鬍鬚男友——早就勸她儘早離婚，跟他遠走高飛。反正她和李智，連一週見面一次的「週末」夫妻都算不上。而且對孩子來說，這個父親整天不在家，就算在家，對他們也不聞不問，跟沒有是一樣的，充其量只是個提款機。她不願意繼續活在這種名存實亡、沒有關懷、沒有尊重的夫妻關係裡。傑克的出現是一個機會，是她改變生活、重新出發的契機。

至於李智，齊齊認為他沒有資格說什麼。不止一次，她在丈夫襯衫的領子上發現口紅印和不同的香水味，甚至還曾經讓她當場逮到丈夫跟不明女子的親密電話交談⋯⋯。齊齊知道：丈夫對她不忠，已經不是一天兩天的事了。

她若跟他討公道，他就說她愛大驚小怪、胡吵瞎鬧。連女人公然找上門來，李智都能臉不紅、氣不喘地打發人家走，然後再平靜地解釋，像心理醫師分析病號一般：「這大概是中年人的通病吧？因為壓力大，想找個新方向；或許說是給人生重新定位吧！那女人趁機捉住我的迷惘和弱點，我一不小心，就掉進圈套了。」

「不過，」他把臂膀往齊齊的肩上一繞，「我再糊塗，也不會笨到為她犧牲家庭。妳放心，一切都過去了！」

他說一切都是「人性」：人人都嚮往自由，不願受拘束，不肯被責任與義務桎梏。

「那麼，難道我不是人嗎？」齊齊在心裡為自己辯護。「只不過是個妻子和母親，就不能有人的自由和需要？我也渴望被人捧在手掌心、惦記著、呵護著，被人愛慕、讚美與欣賞，不是嗎？」

想到此，齊齊更堅定了了結這段婚姻的決心。

# 6.

「妳這女人，頭殼壞了是不是?!」對於齊齊的訴請離婚，李智有點措手不及。「我沒跟妳算帳已經很便宜妳了，妳還惡人先告狀?!」

「誰對不起誰、誰該跟誰算帳，我不想跟你爭辯。」齊齊早料到李智會有的反應，事前已經做好了心理準備，因此面無表情，決定就事論事。

「好聚好散，你放我走，我不跟你要一毛贍養費。」

「喲！難不成那鬍鬚男決定養妳啦！」齊齊擺明了不需要他，讓李智很受傷。「妳以為他跟妳玩真的？別異想天開了！」李智故意諷刺挖苦。

「那不干你的事。」齊齊不為所動。「你簽字就行了。」

「沒那麼容易！孩子呢？跟誰？」暗地裡，李智希望齊齊能因為孩子而心軟，重新考慮。

「嘉嘉和涵涵都大了，我們得順著她們的心意，強迫沒有用。如果她們願意跟我，我這邊絕對沒問題。至於康康，當然繼續由我來帶。」齊齊一點也不讓步。

「妳想得美！」想到將要失去兒子，李智不禁打了一個寒顫。「我會跟妳爭到底！」

「怎麼爭？」齊齊嗤之以鼻。「你三天兩頭不在家，難道要康康跟著你睡機場？」

「妳……」

「再說，多個孩子在身邊，你怎麼方便出去把妹？」齊齊「哼！」了一聲。

「妳別說我，看看妳自己！這麼不要臉，還在孩子面前跟情郎親熱！」

齊齊感覺自己的怒氣就要冒上來了，她撂下一句：「你跟律師談去！」便轉身跨步出去。

監護權問題談不攏，離婚一事便膠著著。李智利用當「空中飛人」的機會，順便透透氣、讓自己遠離那些等待他去面對、解決的煩惱。但是齊齊待在家，越來越受不了這種關係與身分不明的狀況，她想儘快開始新的生活。傑克原本是高級電腦工程師，兩年前自行創業，目前是一家網路電器公司的老闆，業績蒸蒸日上。他能力強、有魄力、多金又多情，對齊齊呵護備至；而且他肯花時間傾聽齊齊的喜怒哀樂，與康康又相處融洽。一切的一切，都讓李智相形見絀。

「我已經願意把房子給你、不要你的贍養費，你究竟還要我怎樣才肯簽字？」齊齊不耐地說。

「康康得跟我，他是我唯一的兒子，將來要傳宗接代的。」

「你現實一點好不好？」齊齊覺得李智的固執簡直不可理喻。「你從來沒有跟他單獨相處超過一天，三個孩子從小的尿布、奶瓶、吃喝拉撒睡全都是我在負責，你以為帶孩子那麼容易?!」

「我自會有安排，不用妳操心！」

「你在說瞎話嗎？我怎麼會不操心？你愛怎麼過日子是你的事，我不會、也不想管；但是康康還小，他需要我！」

類似這樣的爭論持續了將近一年，總是談不出個結果來。後來傑克在另一個城市物色到一塊建地，打算蓋房子。他更急切地催促齊齊，希望她能搬過去跟他一起生活。

「康康就快入學了，要搬就得趁早，好讓他適應環境。」傑克也不喜歡枕邊人是別人家的妻子。

齊齊知道傑克的話有理，事情再這樣拖下去，對誰都不好。在心裡掂斤播兩了許久，她終於決定使出最後的殺手鐧……。

## 7.

Quadriga是柏林數一數二的高檔餐廳，高居十五層樓，俯視市中心燈火輝煌的夜景。齊齊之所以選在這裡和李智碰面，是因為她知道自己和李智的自制力都不夠，但是兩人都愛面子，尤其是李智。她希望靠公共場合裡陌生人好奇的眼光，來控制彼此可能的激動情緒。

會面前，齊齊一再提醒自己要保持鎮定，無論李智說什麼，都不要被激怒。

「謝謝你願意出來。」齊齊格外禮貌、客氣。

李智瞧見一年多來跟他張牙舞爪的太太，現在突然像隻小綿羊一樣柔順，他暗自欣喜，心想一定是她回心轉意，那鬍鬚男畢竟靠不住（就是說嘛！哪個男人會笨到對在外的戀情認真?!），突然打退堂鼓，齊齊只好搖著尾巴回來求饒。

「哇！」李智大剌剌地環顧四周，對餐廳的氣派高雅發出驚嘆。「今天誰買單？」

「你放心，地點既然是我選的，就由我負責。」齊齊仍然低聲細語。

既然是免費的晚餐，李智點菜就不手軟。他選了挪威海螯蝦加烤西瓜與細葉芹當前菜，小牛里脊配杏仁與香蔥當主餐，最後再以加有核果蜂蜜的乳酪當餐後點心。齊齊心不在「吃」，只點了一盤鴨胸肉加蘑菇醬。

她等到那位穿著燕尾服、白襯衫上打著小領結的服務生替他們倆斟入半杯洋提紅酒之後，舉起酒杯，對李智嫣然一笑，說：「敬你！」

李智也舉起酒杯，勝利在握地說：「謝謝妳的這頓大餐！」

正當他品嚐口中那勻柔、帶點苦澀香味的美酒時，齊齊深吸一口氣，雙眼看著桌面，開口說：

「李智，我們這樣拖下去不是辦法。我知道問題的癥結在康康身上，但是……，」齊齊覺得難以啟齒，「但是有些關於康康的事，你並不知道。」

「帶孩子不是問題，難不倒我！」李智的臉垮了下來，不高興齊齊仍然咬著離婚的事不放。「再說，孩子也會慢慢長大、漸漸獨立……」

「我不是指這些。我是說，康康……，康康其實不是你的。」

「開玩笑，不是我的，難不成只是妳的？沒有我，妳能……？」李智突然臉色大變，像被人迎面賞了一記耳光，「難道……?!」

齊齊點點頭，小聲地說：「康康不是你親生的。」

李智一時傻了眼，放在桌上的雙手握成了拳頭，不禁用力捶了下去！桌上的紅酒杯震了一下，差一點倒下來。鄰桌的客人應聲轉過頭來一探究竟。

「你不要激動！」齊齊說。

「妳這個賤女人！」李智咬牙切齒地說。「婊子！」

「隨你怎麼說。」齊齊執拗地撇過頭去。

「妳跟那男人在一起那麼久了?」

「……」

「妳要不要臉?!孩子不是我的?那妳敢吃我的、穿我的那麼久……?」

李智控制不住,又大聲起來,這回鄰桌食客的臉色不太友善了。

齊齊不吭聲,鐵著一張臉,看著餐廳門口處的水晶吊燈。

「妳看著我!」李智捉住齊齊的手,「妳……!」

想到他那麼疼愛的兒子,竟然是個雜種!李智的鼻子一酸,眼眶紅了。

「不對!康康一點都不像混血兒!」李智試著穩定自己的情緒。

「他的生父是日本人,不是傑克。」齊齊的語氣異常平靜。

「什麼?原來妳跟這麼多人睡過?!」李智像火山一樣爆發。

「再多也比不上你!」齊齊冷冷地回應。

「……日本人?……妳在哪認識日本人?」

「網路上。」她語帶得意。「你可以在外面交際應酬、打情罵俏，我也有我的管道。」

「不要臉！妳厲害？最後還不是被人始亂終棄?!」

「是我自己決定離開的，他並不知道我懷了他的孩子。」

「存心把我當冤大頭是嗎？妳究竟有沒有良心?!」

「你不是常說：『知道自己要什麼的女性最有個性』嗎？我喜歡一夜情的刺激、多變，大家好聚好散，不拖泥帶水，也沒有責任。」齊齊揚起一邊的眉頭：「你應該非常了解這種感覺才對啊！」

李智的手高舉起來，想賞齊齊一巴掌，但是礙於公眾場合，他勉強克制住。不過，放下來的手還是不禁摺起水杯，朝齊齊的臉潑去！

站在一旁早就發現情況不妙的服務生見狀，趕緊遞過來一條毛巾給齊齊，小聲地說：「女士，需不需要我們的幫忙？」

齊齊搖搖頭。

「這位先生，」服務生轉向李智，給他一個不太好看的臉色。李智倏地起身，不待侍者把話說完，轉頭憤然離去。

街上，晚風清涼，但是李智的整顆頭卻燥熱無比，彷彿就要爆裂開來。

「孩子不是我的?!……他媽的！婊子！……不要臉！！」李智瘋狂地在路上疾走。「難怪他跟我不親……難怪那一雙難看的單眼皮……原來是個日本鬼子！」

李智越想越氣，不敢相信自己竟然栽在這個賤女人手裡！原來，他已經被戴了那麼久的綠帽，被蒙在鼓裡那麼久！「誰知道她偷過多少一夜情？幹！吃大癟了，養個雜種！」

兩個禮拜之後，當齊齊在院子裡拔雜草時，電話鈴響了。律師的聲音傳過來：「成了！李智終於簽名了！監護權歸妳。」

齊齊的手幾乎握不緊話機，兩行清淚順著臉頰流了下來。孩子要到手了！她贏了！但是，齊齊奇怪自己心裡為什麼沒有絲毫愉悅的感覺，反倒是好深好沉的失落？她錯了嗎？她不過是實踐他一而再、再而三灌輸給她的觀念：要自由、順人性。他以這些當藉口來忽視她，那她，難道不能以同樣的理由去追求自己的幸福？

「讓它去吧！」她倔強地想。「這段婚姻、二十年的青春……，讓它們統統去吧！」

她不服輸地擦掉淚水，決意面向未來，讓一切重新開始。

## 8.

房子，變得空空蕩蕩、冷冷清清。

大女兒偉嘉不想當父母中間的夾心餅乾，刻意選了一間離家五百公里遠的大學，並申請了學生宿舍，拉起行李，頭也不回地走了。二女兒偉涵還有兩年中學才畢業，沒本錢也沒辦法離家，只好傷心欲絕地和同學朋友道別，牽著弟弟偉康的手，心不甘情不願地隨著齊齊遷到S城，冷眼旁觀母親和情郎傑克打造他們的新房。李智待在台灣的時間越來越長，藉著忙碌來分散他的注意力，幫他擺脫心頭的鬱悶。

在台灣，他雖然搖身一變，成為交際圈中眾所矚目的焦點、大家羨慕的領袖，跟在德國的難堪有天壤之別；但是，別人不知道，他自己卻心知肚明：他的笑容是刻意擠上臉的，笑聲是故意誇大豪放的。女人，他依舊不難到手，但是與她們相處起來，他卻更加缺乏耐心與尊重。因為腦後的一個聲音不斷提醒他：女人都不可信！所有的倩影媚眼都只是在奢望能被他邀請上高級餐館、覬覦他贈送的奧地利水晶。

有時候，他甚至會覺得待在空蕩冷清的家裡反倒輕鬆一些。至少，他不用去面對演戲作假之後的疲憊。

這大概就是他回來德國僅剩的理由了。

「到底哪裡出錯了？」夜闌人靜時，他不斷被這個疑問折磨著。「我對你們不夠好嗎？給你們吃香的、喝辣的，又沒把妳休了，也沒有把女人帶回家。這樣耍我，簡直太過分！」內心的怨恨與苦毒像個漸漸長大的惡性腫瘤，一點一滴地侵蝕、啃齧他的身心。

「幹！要自由是嗎？賤貨！婊子！看著吧，妳不會有好下場的！小心遭天打雷劈！」

一隻蒼蠅繞著他的頭嗡嗡叫，揮走了又飛過來。李智不堪其擾，站起身走向落地窗。窗外，那片順著山坡的庭園，原本綠草如茵、玫瑰盛開；現在卻無人打理、雜草叢生，看得李智更加痛心。

「咻！」地一聲，他把窗簾迅速拉上，走去廚房，從冰箱裡面取出一罐啤酒，再踱回沙發邊。一不小心，被散布在地毯上的酒瓶絆倒，跌坐在一堆菸蒂當中。

「幹！」李智的怒氣冒上來，不知怎的，卻又有一股想哭的衝動。

他用冰啤酒罐按了按眼睛，止住了眼淚；想把酒罐放在茶几上，上頭卻又滿是郵件、廣告，和好幾天沒收拾的外帶快餐，沒有一點空位。李智突然大吼一聲，先是將桌上的「垃圾」一把掃到地上去，然後再一腳把整張桌子給踢翻！

突然，他的眼角瞥見掉在地上的一紙粉紅色信封，露出「協會」兩個字。他將信件一把抽出，「刷」地撕開。

敬愛的自輔會會長李智先生：

……

有鑑於台灣目前的社會自由風鼎盛，八卦新聞滿天飛，演藝圈婚變、夫妻對簿公堂、公開叫囂對罵的例子屢見不鮮。李會長博學多聞，學貫中西，關心社會人文的發展，對「人性自由與現代婚姻」有獨到且鞭辟入裡的解析。本會誠摯邀請您來與我們分享您的真知灼見，以效法學習。

××作家協會 敬邀

「哈哈、哈哈、哈哈哈……！」李智爆出一陣狂笑，差點把自己噎死。他垂倒在沙發上，喘著氣，手上的啤酒咕嚕嚕地從罐子裡流出來，浸濕一地。

# 誘惑

走進老舊的工廠大樓，越過自動門、走下磨石階梯、通過黑暗的走道、轉兩個彎，一扇厚實的鐵門杵擋在眼前。擔任導覽的卡蘿用手遮住門邊的密碼板，打入一長串的數字之後，將重重的鐵門推開。

收藏室裡晦暗，一股逼人的潮溼霉味撲鼻而來。卡蘿打亮慘白的日光燈，拉直黑色絲質襯衫，清清喉嚨，準備介紹博物館長多年來的珍貴收藏。一排排整齊平行的架子上，擺滿五十年代以降的各類椅子：第一代的飛機座椅、七十年代的色情家具、兒童小板凳，還有教宗若望保祿二世曾經親臨的寶座。

書萱站在艾伯特旁邊。她把手背在身後，打直身子，不希望有駝背、小腹凸出的難看姿勢。艾伯特黑色的皮夾克直挺挺地掛在雙肩上，黑白相間的頭髮，顯得成熟穩重。一股淡淡的、花香混著檀木的芬芳從他身上散發過來，「是優普的『夜行者男香』吧？」書萱暗自猜測。「讓德國佬帶點東方風味」，她不禁想起廣告裡打造男人的俐落、熱情、性感形象。

她沒有轉頭去看艾伯特，但是感覺上，站在他旁邊，如果要的話，自己的頭可以正好倚在他肩上，高度應該恰恰好。艾伯特把雙手圍抱在胸前，書萱的心眼看見他微笑時彎曲如新月的迷人雙眼。

「收藏家就是收藏家！」卡蘿口沫橫飛地解釋老闆如何具有獨到的眼光，在別人仍然有眼不視泰山的當兒，他就大刀闊斧，買進所有可以搜刮到的設計產品。「我們有全世界最完整的西恩普威Jean Prouve收藏。在五十年代，沒有人對他的東西有興趣，便宜得不得了，東西都是賤賣的。現在呢，就這麼一塊圓洞鋁版，便價值連城！」

艾伯特的右手肘棲在左手臂上，手撐住下巴，嘴角向上勾起。書萱想：若是和他依偎，不知道是什麼感覺？想著想著，身子不禁朝他那兒傾斜過去。

「好，我們繼續！」卡蘿發號司令。一行人朝下一個通道走去。艾伯特走在書萱後面。「糟糕！後面的那幾根白頭髮還沒拔掉！」書萱莫名緊張，「我的背影還好吧？長髮他喜歡嗎？」

她突然很不自然地把頭用力一揚，想把額頭上的流海甩到後面去，卻不巧一頭撞上旁邊的鐵架。

「哎喲！小心！」艾伯特首先替書萱叫了出來，並靈敏地伸手過去扶她一把。

書萱摸摸頭，不敢出聲，只覺得簡直糗到斃！

她的臉一路紅到耳邊，但是艾伯特那李察吉爾般的笑容卻深印在她腦海裡。她憶起前不久天氣驟變，突然下起傾盆大雨。自己剛好帶著一團人在外面作導覽，人人皆縮頭弓背，瑟縮地躲在傘下。遠遠地，她看見艾伯特走來，兩手插在褲袋裡，衣領拉高，只戴著一頂紳士帽，任憑大雨嘩啦啦落下，好不瀟灑！

「請注意啊！」卡蘿舉起塑膠手套，「這裡的一切東西都嚴禁觸摸，如果一定要碰，得先戴上這種手套！」她示範給大家看，然後拿起標示在各個椅子上的牌子，「Le Corbusier, Eames, Panton, Nelson, Noguchi... ..., you name it! 名家的設計，名家的收藏。」卡蘿非常得意。「現在你們應該了解為什麼我們的博物館那麼重要了。」

按掉日光燈、關上厚重的鐵門、轉兩個彎、通過陰暗的走道、爬上磨石階梯、再越過自動門，終於又看見白花花的陽光。

一行六人彼此擁抱，互道再見；員工訓練課程結束了。書萱望著艾伯特離去的背影，發現他步履紛沓細碎，牛仔褲無力鬆垮地垂在臀上。

她憶起艾伯特尖銳高調的聲音，其實並不是自己喜歡的典型。

她搖搖頭，想甩掉剛才在地下室裡詭異邪惡的念頭。

她實在不懂自己。

艾伯特是她的同事，別人的丈夫；而且，顯然婚姻幸福。

書萱家裡也有一位男士：孩子的父親，她的丈夫。

不同的是：他和她許久沒有溝通。

幾乎一年，丈夫沒有碰她的肌膚。

# 鮮花王子

## 1.

淡藍色襯衫、方格鴨舌帽、褪色的牛仔褲，以及一朵紅玫瑰。老頓永遠是第一個到店裡的人，他的裝扮也一成不變。最讓人津津樂道的是：他每天下工，關上店門時，手裡一定拿著一朵當天店裡最新鮮的玫瑰。

男同事們調侃他不是家有母夜叉，讓他怕到沒輒，就是那女人美若天仙，把他迷得神魂顛倒，所以才會這麼苦苦地討好她。女同事們則既羨慕又嫉妒地說：這年頭在婚後還如此細心體貼的男人根本是恐龍蛋——沒處找了！她們的男朋友連情人節都很少送花討她們開心。

老頓只是笑笑，不多做評論。大家都知道他俯身選花的動作和身影：細細地比較、觀看、聞香，然後毅然決然地把色彩最勻稱、花型最飽滿的玫瑰抽出。從一開始他就照價付費，要是碰上卡車送鮮花過來時，他正好在露天的園裡搬碩大的花盆，或是移動一袋又一袋泥土的情況，實習的小妹也都知道會先幫他篩選一些特別漂亮的，留下等老頓自己來挑選。

兩三個月過後，老闆過來拍拍他的肩膀，很阿沙力地說：「不跟你算玫瑰花的錢了，大嫂是我們店裡最忠實的顧客，你盡管拿吧！哪有在花店工作還得出錢買花的道理？幫我跟大嫂問好，啊！」

這家販賣植物的花店是城裡規模最大、名聲最響的。別的店家因為經濟不景氣猛裁員，他們還嫌人手不足，頻頻登徵聘廣告。除了室內各式各樣、或大或小的綠色盆栽、戶外的植物之外，店裡還有飯廳裝飾部門：依不同色系擺飾的餐桌，包括桌布、餐巾紙、玻璃杯，以及桌上點綴的小花。另外，最為醒目、吸引顧客的，是一進門左手邊的鮮花部門。擅長花藝的店員總是將花束按照花種、大小和顏色整理妥當，細心擺設。充滿朝氣的鮮花被置放在精美花瓶中，散發著淡淡的清香，令人一踏進店門，便心神舒暢、快活愉悅。

老闆當初翻開老頓寄來的履歷表，赫然發現上頭竟然沒有太多有用的資料。除了出生年月日等基本項目，以及多年前他求學時在汽車公司打的零工之外，根本沒有任何正式的工作資歷。算算他的年齡，也坐四望五了，這人，還敢把履歷表投來！不是太天真幼稚，就是跟常人不一樣。老闆訕笑了一番，在心裡還是不禁狐疑好奇。

但是那一陣子母親節加上結婚旺季，店裡兩個小妹同時懷孕、負責搬重物的阿召又骨折，人手實在缺得兇。老闆需要一個身強力壯的男丁來幫忙，因此索性把老頓約來面談。心想：此人沒資格要求太多，也許當個苦力來用還不錯？

面試當天，老頓就是這副襯衫、牛仔褲、鴨舌帽裝扮。老闆也是一個喜歡舒適隨意穿著的人，一見面，他打從心底就和此人有種很投緣的不錯印象。

「您的資歷不算多哦！」老闆原本還想說：「好像沒什麼一技之長嘛！」但是也許是因為老頓靦腆的笑容、不甚自在的姿態；也許是因為老闆對他那股沒來由的好感，他不想把話說得太明，以免傷了老頓的自尊。

「嗯！」老頓抿抿嘴、點點頭。身上雖然沒有名牌服飾，但是他的舉止看起來是個念過書、有教養的人。

「您想來做什麼工作？」老闆問。

「什麼都行！」老頓打從進門起就帶著憂鬱的臉上，現在隱隱出現孤注一擲的神情，像那種不在乎生死、決意跟敵人放手一搏的軍人。「打雜工、做粗活都可以。」

老闆點點頭。「這年頭找工作不容易，是吧？」隨即咬住下唇，硬是把那句到嘴的：「尤其是像您這樣沒有太多資歷的中年人……」給吞了下去。

老闆不說，老頓自己心裡也明白。因此當老闆要他從前庭到後院，負責打雜配合，他沒有異議；老闆開出最低的薪資、最高的工時，他也默不作聲；說只是先試用看看，隨時可以解約，他也默默接受。從第一天上班開始，老頓不遲到不早退，而且工作勤奮、吃苦耐勞。店裡從鮮花部門到裝飾、庭院家具、餐桌飾物、挖土搬修，他都隨傳隨到，沒有一處不見他的身影。事實上，他上班之後不到三個月，就成了老闆不可或缺又信任有加的左右手、同事們口中樂於助人的救火隊員。唯一令人詬病的是：他從不跟大家交際應酬，即使老闆出面請所有員工去聚餐，他也婉拒，堅持一定要準時回家。

「唉呦！又是你們家那隻母老虎是不是？怎麼把你管得這麼緊！都每

天送鮮花給她了，還不放心?!」同事們莫名其妙地替他打抱不平。老頓依然沒有多做解釋，他不在乎被人笑稱是個懼內的懦弱丈夫，寧願拉拉頭上的鴨舌帽，祝大家玩得愉快，然後弓著背，持著玫瑰回家。

一月中旬，冷風颼颼，放眼望去是鳥不語花不香的一片灰白。情人節還沒到，母親節得等更久，結婚的人少之又少，是花店生意最慘淡的季節。鮮花部門的阿珠和連妹想趁午休時間結伴去城裡選降價服飾，嬌聲嗲氣地拜託老頓替她們看店。老頓一向都是自己準備一份三明治，午餐時間溜進廚房泡杯咖啡；十分鐘之後三明治下肚，咖啡見底，他人又開始樓上樓下、裡裡外外地忙乎。

替阿珠她們看店不是問題，問題是老頓覺得自己一身泥土、兩手髒兮兮，跟鮮花部門美輪美奐的環境不搭調。他站在櫃檯望著窗外發呆，希望沒有買客進來。

鮮花部門朝馬路的牆是一整片玻璃，擺放著女同事們巧手搭配安排的盆栽、花束和飾品。老頓的眼光移到角落的一桶鮮花上，冬天的豔陽穿過玻璃斜照進來，燦爛奪目。金光揮灑在玫瑰、康乃馨和雛菊上，個個顯得嬌豔愈滴。老頓看得出神，整個身子被吸引了過去。他彎腰端詳其中一朵圓融健美、粉黃綴著橘紅花梢的玫瑰，正想伸手去取，另一隻纖細白嫩、修長的手指塗著暗紫色指甲油的纖纖玉手先他一步，把花抽了出來。

老頓抬起頭來，奇怪自己怎麼沒聽見顧客進來時自動門會發出的叮咚聲？定神一看，眼前站著一位瘦高、頭髮削得薄短、女強人裝扮的年輕時髦小姐，正對著他微笑。此女子塗上睫毛膏的長長睫毛跟著大眼一刷一刷地，耳垂上的金屬大拉環還反射著陽光。老頓意識到自己不體面的外表，想到剛剛看花時的一副傻樣，突然感到手足無措。

「小姐……嗯……買花啊？」老頓實在沒有招呼客人的經驗。

「你就是頂頂大名的鮮花王子，對不對？」姑娘大方俐落地說。

「我……？」老頓滿臉通紅，不明白女子的意思。他下意識地把鴨舌帽拉低，笨拙地說：「我同事馬上回來，她們會招呼您……。」

「我不是來買花……是專門來看你的！」女子笑得燦爛了，老頓的窘困激起她調皮捉狎的慾望。「這花送我行不行？」

老頓的手在後腦杓搔了又搔，一雙眼睛求助似地不停往窗外看。這兩個愛漂亮的野丫頭，怎麼買衣服買這麼久?!

「上次聚餐你沒出席，今天終於見到你的廬山真面目！」年輕女子倒退一步，大剌剌地把老頓從頭到腳打量一遍。

老頓正想逃到櫃檯後面，把自己骯髒有破洞的舊運動鞋遮起來，好歹還可以這裡擺擺那裡摸摸，讓雙手有一點兒事幹。此時「叮咚」一聲，老頓清楚聽到了！老闆大步跨進來，老頓像久旱逢甘霖一般，找到了救星。

「老闆，這裡交給你……。」老頓話還沒說完，就發現老闆根本沒在意他，而是笑臉盈盈地迎向那女子，兩人一陣親吻擁抱。

原來是熟人！老頓這下更有理由撤退，回去他的泥巴、樹叢當中。

「喂！喂！你先別走。」老闆把他叫住。「全部的人都見過了，只剩下你……來，我來介紹一下：柳芳婷，我的女朋友；方德頓，大家都喊他老頓，是我們大家的左右手。」

「你避不見面，我只好登門造訪嘍！」芳婷又開始戲弄他。

「我……，我先進去了。」老頓跟老闆點點頭，轉身逃跑。耳後又響起叮咚聲──阿珠和連妹回來了！她們看見芳婷便一陣尖聲怪叫，彷彿熟得不得了的姊妹淘。

## 2.

不知不覺，屋前的雪融了。清晨，在即將天亮的時刻，小鳥又開始嘰嘰啾啾地編唱好聽的旋律。街上的行人脫去大衣、拉開圍巾、拔掉皮手套；三月過去，復活節近了。

花店的生意逐漸忙碌起來，自動門「叮咚、叮咚」響個不停，鮮花的需求也大大增加。合作的花商派年輕力壯的男子送花來，整整五大桶的百合、水仙、紫蘭、鬱金香、雛菊和滿天星。阿珠和連妹互相使眼色，偷偷盯著在她們面前張羅的俊男。待他拿著簽收的單子走出去後，阿珠連忙轉頭跟連妹說：「喂！看見他臂膀上刺的老鷹沒有？春天來了！刺青終於可以露臉嘍！」

「說到刺青我就一肚子氣！」連妹的臉一下子拉了下來。「城裡麥當勞旁邊的那一家千萬不要去！我年前才去給刺了一個中國字，後來越來越模糊，現在只剩下一堆不清不楚的線條，還髒髒地，被我的中國鄰居笑死了！」

「真的哦？我的運氣還不錯，哪，妳看！」阿珠拉起褲管，秀出右腳踝邊上一個三角圖騰。「我是去主街底，那家門口漆成金色的美容院對面那間。」

連妹彎下腰去，問這圖案是什麼意思，阿珠神秘兮兮地不願透露。

「不過啊，我也不想再去刺青了，痛得要死不說，還貴得要命！再加上染頭髮的錢，真是吃不消！我可不想永遠當個『月光族』。」

「我覺得現在這個深紅的髮色挺適合妳的。」連妹摸摸阿珠的頭。「復活節快到了，紅色的頭髮加上紫色的眼影，再配上黃色的絲巾，剛好可以站在櫥窗當彩色兔寶寶去！」

阿珠推了連妹一把，兩人吱吱笑個不停。

「前兩天我姪女提醒我說：復活節不要忘了買糖給她，還指定要那種用粉紅色亮晶晶紙包的。我說啊，就知道吃！巧克力吃太多，不怕癡肥嗎?!」

「唉呦！小孩嘛，就吃這一套。不然到處櫥窗裡暴著兩顆門牙、穿著五顏六色衣服的兔寶寶巧克力是幹嘛用的？」

「說實在的，復活節到底在慶祝什麼啊？」

「我也不清楚。我媽說是傳統，代表春天來了！」

「我們家那群小蘿蔔頭，只知道跟爺爺奶奶爸爸媽媽教父教母要禮物。我媽每年都忙著煮一堆白煮蛋，然後再染成各式各樣的顏色，要是有小朋友來我們家，她就一人送一個。」

兩人的對話還沒結束，店門又響了。有人帶來盆子，要求她們幫忙搭配花飾；有人走錯部門，進來詢問烤肉架、大型遮陽傘，和耐晒防雨的庭院桌椅。

這頭阿珠一邊修剪著枝葉，一邊數算她曾經試過的實習單位：幼稚園老師、公家機關的影印小妹……，「都做不到兩天就無聊死了！一成不變不說，還得聽人使喚。最糟糕的是當醫生助理，整天周旋在咳嗽、流鼻涕、臉色蒼白的病人中間，讓我總覺得自己身上很髒、很噁心！還好我姑媽介紹我到這裡來。」她滿意地端詳手上自己搭配整理的小盆栽。「這裡的工作多有創意啊！每天眼睛看的是美麗的花朵、鼻子聞的是清新淡雅的花香，比到處充滿消毒藥水味的醫院強多了！所以我就決定留下來了嘍！」

「我看妳該不會是因為膽小，不敢替病人打針抽血，所以被掃地出門了吧？」那頭強仔打趣地說。

阿珠對他吐吐舌頭，轉身小聲地跟連妹說：「我真的不能見血，一看就要昏倒！」

「聽到了、聽到了！」強仔又來攪和。「我說的沒錯吧！」

「你欠打是嗎？」阿珠追過去，朝他臂膀上捶一拳。

店裡經常就是這麼熱絡，大夥的關係非常和諧融洽；包括和老闆的互動，也因為他平易近人的作風，讓店裡從上到下，不分老中青，一律跟他稱兄道弟，絲毫沒有架子。員工工作愉快，自然而然就把快樂的氣氛帶給顧客。無怪乎每到需要鮮花的日子，來客總是絡繹不絕。

這天老頓在後院鏟完泥土、擺好一盆一盆的仙人掌和垂榕，忙得滿頭大汗。趁進來洗手的空檔，順便到廚房倒杯水喝。經過餐桌飾品部門時，聽見兩位女同事在熱切討論：

「太好了！我想橘色蠻適合他們的，溫暖熱情嘛！」

「……最好再放上一些玻璃碎鑽，亮亮的好看……。」

老頓對於她們的興高采烈早已習以為常，心想一定又是一樁上門的好生意，她們正在計畫準備。走到鮮花部門，那兩位愛漂亮趕流行的年輕小妹，正低頭看著手上的卡片，竊竊私語：

「我想穿上次買的黑色小禮服……妳想黑色會不會不太適合？」

「米色那件也不錯啊！把頭髮紮起來，露出肩膀和脖子，再戴上長長的耳環。」

春天畢竟不同，大夥都在計畫這兒、安排那兒地，老頓心想，不禁笑笑搖搖頭。

這廂他才一腳踏進茶水間，突然一隻強而有力的大手往他的肩膀一拍！老頓嚇了一跳，回頭一看，老闆一張春風得意的臉迎向他。

「老頓！有事跟你說……」一向開朗大方的老闆，竟然反常地有點靦腆。

「什麼事？」

「哪！」老闆遞給他一只紅色信封。「別人都有了。我想親自拿給你。」

老頓一看，是張喜帖——老闆自己的大喜事！

不知怎地，老頓一時感動，說不出話來。這回換他拍拍老闆的肩，喃喃地說：「恭喜、恭喜！」

「快四十了，也老大不小了，你說是不是？喂！你會來吧？」

看到老頓猶豫的表情，老闆眉頭一皺，無法諒解。「老兄！平常你不跟大家聚會就算了，這次可是我的婚禮，你不出席就太不給我面子了！而且，你看好，」他指著喜帖說，「我請的是你們伉儷哦，總得讓大家見見大嫂吧?!」

「我……我們……」老頓的臉一陣青、一陣白。

「老實說，老頓，我衷心邀請你和嫂子參加。」老闆口氣一改，一本正經地說。「以前沒跟你提起，但是我之所以會決定結婚，完全是你給我的勇氣。你還記得上次我跟芳婷吵架嗎?之後我心灰意冷，想這段感情完了，撐不下去了。芳婷是個好強的女孩子，能力又強，事業上有自己的一片天，給我很大的壓力，深怕被她比下去，有失男人的顏面。

「每次吵架兩人都僵持在那邊，沒人願意先低頭。我知道只要和芳婷鬧彆扭，我的情緒波動，多多少少會影響到大家。大家好意勸我，逗我開心；只有你默默地把原本要送給嫂子的玫瑰交給我，說：這花她會喜歡！

「你不知道，那句話有如當頭棒喝，把我打醒了！芳婷嘴巴不說，心裡一直在埋怨我不夠浪漫、不夠愛她。我怎麼沒想到使用自己現有的資源去表達對她的愛意呢？

「你知道嗎？就是那朵玫瑰挽救了我們的感情。你對嫂子的深情是我學習的榜樣。我父母過世得早，又沒有兄弟，你就是我的家人，我希望我的終身大事有你和嫂子在場……」老闆換成輕鬆的語調，「討個吉利嘛！你們夫妻恩愛，好歹也讓我們沾沾福氣，有個好兆頭。說不定也能白頭偕老、永浴愛河。」

老闆這麼掏心挖肺的陳述，實在難得一見，想來是即將進入人生另一個階段之前的啟發或感悟。老頓低著頭，還來不及給老闆任何答覆，就聽見門口有人詢問兩天前訂的花籃做好了沒？老闆轉身去招呼客人，老頓想去衛生間洗把臉，卻發現自己的步履沈重又蹣跚。

## 3.

婚禮在老闆住所附近的社區教堂舉行。小小的禮堂擠滿了芳婷娘家的親朋好友，以及老闆花店裡所有的同事。芳婷一向對時裝具有獨到的品味，現在她身上的絲質新娘禮服就是自己設計、買布料請人特地量身剪裁的。阿珠和連妹與她情同手足，為了這個大喜之日，她們特別在頭飾、捧花方面別出心裁，為她設計同一色系、高雅脫俗的搭配。當樂聲響起，芳婷挽著父親的手走進禮堂，大家都為她散發出的高貴典雅氣質發出驚嘆。老闆站在聖壇前，滿心喜悅，卻又因為緊張而不禁全身顫抖地望著他未來的人生伴侶緩緩走近。

兩個獨立的個體即將在上帝和眾人面前立下誓約，合而為一。現場一片隆重肅靜。

「無論順境或逆境、富裕或貧窮、健康或疾病、快樂或憂愁，我承諾一生一世愛妳、敬重妳、珍惜妳，直到死將我們分離。」老闆隨著牧師一字一句、鄭重立下婚姻盟約。

當牧師微笑地宣布：現在新郎可以親吻新娘時，來賓一陣掌聲，歡聲雷動，片片花瓣從二樓撒下，老闆勾著芳婷的手步出禮堂。

之後大家移駕到附近的餐廳用餐。會場處處可以看見花店同事們的巧思，他們使出渾身解數，將各自的專長發揮到極致：入口處有一個玫瑰花排成的心型圖樣，餐桌上有緞帶、蠟燭，每位客人的名字都鑲嵌在特製的花型名牌上。門口還有座位佈置圖，聽說新娘花了好多心思，把誰坐哪一桌、誰坐誰旁邊都安排妥當。

全程的節目皆事先排定，除了專業歌手的演唱之外，還有來賓的猜謎和爆料：老闆喜歡的內褲顏色，新郎第一次在哪裡親新娘？兩人如何認識？岳父岳母對女婿的第一個印象等等。

中學同窗阿德說，以前老闆的文科很爛，作文不會寫，「煞」到隔壁班的校花時，還要他幫忙寫情書！花店的同事更是抖出許多老闆的糗事：有一次老闆在電話中跟芳婷吵架，情緒大壞，不僅算帳時錯誤百出，跑出去鏟外院的泥土，也因為用力過猛，把鏟子弄斷。後來他氣沖沖地想出去透透氣，卻又在玄關絆了一跤！只聽到他「狗屎！狗屎！」地罵個不停，害得餐具裝飾部門的賈大媽以為哪位客人又不按規定牽狗進來，趕忙低頭到處找狗的蹤影。

大夥笑得人仰馬翻。

老頓和他妻子的座位被安排在新郎新娘主桌的旁邊，跟他同桌的除了花店中資格最老的米夏哥以外，其餘的同事都依照年齡和工作部門被分散在其他桌。米夏哥繞過身邊擦滿香水、穿戴貴重珠寶的富太太，走過來跟老頓打招呼。

「嘿！老闆真不是蓋的，是不是？看看這個排場！說真的，在他那兒工作了十幾年，看他在他爸過世後全心經營花店，沒日沒夜的，又很少公休。我們都以為他想打一輩子的光棍。像他這樣蠻幹，好長一段時間根本沒有女孩子願意跟他交往。」貪杯的米夏哥大概是好酒下肚，心情大好，彷彿是自己的大喜之日。「咦？」他指著老頓旁邊的空位子說，「嫂子呢？」

老頓從一進餐廳就心事重重，不發一言。經米夏哥這麼一問，他突然漲紅著臉，如坐針氈。但是現場氣氛熱鬧，再加上老頓原本話就不多，因此這會兒他的沉默並沒有引起太多的質疑。

前方舞台上的弦樂四重奏開始演奏起帕赫貝爾的「卡農」，現場響起一陣掌聲。米夏哥趕忙回到自己的座位，拉長著脖子期待下一個節目。

新郎牽著新娘的手走進舞池，配合著旋律，翩翩起舞。大家掌聲、口哨聲、歡呼聲不斷。有人低頭私語，打趣說：「沒想到老闆這個大老粗，也有紳士斯文的時候！」有人從他大學同窗的那桌喊過來：「別把新娘的禮服踩掉了嘿！」

這對郎才女貌的璧人幸福滿溢地微笑，老闆一雙眼睛定睛在芳婷身上，彷彿全世界只剩下他們兩人。大家跟著陶醉忘我，鮮花部門的女同事最愛這種浪漫的好萊塢情節，感動地頻掉眼淚。

樂聲停止，老闆紳士般地將妻子牽回座位，自己一個箭步跳上舞台，拿起麥克風，大吐一口氣，說：「老子今天全豁出去了，讓你們大家看笑話沒關係！」大夥又是一陣喧譁。

「首先，」他收起玩笑的口吻，緊張但鄭重地說，「要謝謝大家來參加我們的婚禮。老實說，我壓根都沒想到會有這一天；我以為自己只有鬧別人洞房的份……」他看著台下與他對視的妻子，聲音突然哽咽。「芳婷的勇氣可嘉，她願意嫁給我這麼一個習慣我行我素的王老五，我……我……謝謝她！」

台下一片歡聲雷動，新娘感動得流淚，仍然不忘往台上送上飛吻。

「你們一定覺得奇怪，是什麼力量讓我下此決定，告別單身漢的生活？——說奇怪也不奇怪啦！這麼漂亮又能幹的女人願意跟我，我經不起她致命的吸引力啦！」台下又是一陣噓鬧聲。「說真的，」他回復正經，「我要謝謝老頓——方德頓。大家都知道：我們店裡最漂亮的花客人都買不到，全都給老頓搶去了！他搶去送給大嫂，沒有一天間斷！是他對嫂子的忠誠與愛，讓我對婚姻產生信心，相信人世間恩愛長存的婚姻是可能的。老頓，」老闆向他舉杯，「謝謝你！」大家跟著熱烈掌聲，有人起鬨：「沒有老頓，就沒有今天這一頓！」

說時遲，那時快，老頓從椅子上一躍而起，大步快速地走上舞台。來賓以為這是安排好的致詞，只有老闆一陣驚訝，沒料到一向躲在人後、少開尊口的老頓，會一反常態，自願站在眾人面前！

「不要再讚美我了！我是一個大爛人！」老頓大吼，痛苦不堪。

「聽不到！」場後有人喊回來。

老頓一把將老闆手上的麥克風抓過來：「我是一個大爛人！」

聲音一落，現場頓時鴉雀無聲。

「我是一個大爛人……不配站在這裡受大家表揚……宜君她……她已經死了……我的太太早已經死了！」

花店的同事個個面面相覷，瞪大眼睛，下巴快要掉下來。

「我沒有照顧好她，」老頓的聲音哽咽。「從來沒有盡到一個做丈夫的責任。我埋怨自己懷才不遇，整天怨天尤人、眼高手低、不腳踏實地、不願意擔起養家的責任……。宜君不一樣，她多才多藝，盡責又有紀律，工作成功，又到處受歡迎。我的自卑感作祟，不願認輸，就處處譏諷她。不但不支持她，還扯她的後腿。說她偽善、假惺惺……我要她像對待別人一樣對我好，自己卻對她不聞不問。」老頓吸吸鼻子，抹掉眼淚。「她告訴我她身上長瘤的時候，我竟然在心裡想：反正死不了！……我簡直不是人！……她開刀當天……，」老頓像在哀號，涕泗縱橫。「她開刀當天還是自己一個人出門，我沒送她，連一聲再見都沒跟她說。沒想到，沒想到……，」老頓突然一聲嘶吼：「宜君啊！我對不起妳！」

站在一旁的老闆過去拍拍他的肩，試圖安慰。老頓低下頭，喃喃地說：「我凡事拖延，所有事……，以為還有時間，以為只要婚姻還在，就沒關係；我的滿腔抱負，一定會有實現的一天……。我拖了又拖、等了再等，結果把上天給我的許多寶貴東西都糟蹋了、荒廢了……我為什麼沒有支持她、供應她？難道我的自尊和抱負比她重要嗎？」

「好了，好了，沒事了！事情都過去了！」老闆安慰著，不知道自己在說什麼。

老頓甩開他肩上安慰的手。「她死了，我才恍然明白：老天給我的妻子我沒照顧好，根本沒資格去談什麼人生的抱負和理想。我失敗了，徹底地失敗！以前全靠她賺錢養我，她死後我才出去找工作，想把自己勞碌死。但是，一切都太遲了！我每天拿一朵她喜歡的玫瑰花，但是不知道要拿給誰……。你們以為我是一個好丈夫？宜君跟我過日子的時候，我從沒跟她說過一句感謝的話，沒分擔過家事……我以為我應該當頭、比她強……，狗屎！其實我好軟弱，好窩囊、窩囊、窩囊！」

聽到這兒，芳婷臉上的新娘粧已經快被淚水哭花了。她拉起晚禮服裙擺，走上台去，一隻手搭在老頓的肩上，默默地陪他站著。老頓止不住自己的淚水，一顆頭搖個不停。「我的責任是去愛她、包容她，不是嗎？但是我只一味地要求她支持我、順應我、配合服從我；而我自己，卻沒有支持幫助她。現在我只能把玫瑰放在墓園裡……哇！」他放聲大哭，甩開新娘的手，走下舞台。

那佝僂、頹喪的背影，像個失去所有希望的戰敗老兵。往日大家所熟悉的矯健身影，彷彿不屬於這個人。

台上，新郎牽起新娘的手，緊緊握著。他幫她拭去眼角的淚水，在她耳邊輕聲地說：「但願我不會犯同樣的錯誤！」

# 留下，因為愛

靖月倆手一揮，把新買來的碎花布桌巾鋪好，擺上鑲金的餐盤，然後從廚房裡端出熱騰騰的馬鈴薯和烤雞排，攪拌好沙拉，並點上蠟燭。一切準備就緒之後，她溫存地走到沙發邊，把坐在那兒的克里斯攙扶過來。他不由自主抖動的雙手，和那不住吐著氣的雙唇，顯示他的肚子餓了。靖月幫克里斯把肉片切小，然後牽著丈夫的手，作了個謝飯禱告。

克里斯的老年癡呆症狀在三年前逐漸明顯。剛開始只是忘東忘西，跟一般上了年紀的退休老人沒兩樣。但是後來他竟然在一大早問什麼時候吃晚餐，在晚餐後又問什麼時候該出門去趕露天市集。到了這一步，靖月就心裡有底了。醫生的診斷只是證實靖月的猜測。從那以後，克里斯的記憶就漸漸喪失，時間、空間感完全交錯、倒亂。最讓人難過的，是他對搬出去的三個孩子已經幾乎不認得。

靖月一手包辦克里斯的所有護理。幸好克里斯還沒有到大小便失禁，或是需要人餵食的地步。他只是行動遲緩、笨拙，平常幫他上洗手間、擦擦澡，在他焦慮的時候牽牽他的手、安撫安撫他，靖月倒還應付得過來。

今天女兒妙麗將要過來喝下午茶，靖月原本打算午飯後，送克里斯進房小睡片刻。他若精神好，說不定還能跟女兒說上幾句話。

但是午飯後克里斯就一直尾隨著靖月，嚷嚷著要「回家」！想來要收拾廚房是不可能了，靖月索性從書架上取出一本阿爾卑斯山的旅遊指南，陪著克里斯坐在沙發上。雖然克里斯的目光呆滯，嘴裡只是嗯嗯、啊啊地應和，靖月仍然耐心地一邊翻書、一邊講解書上介紹的風光。

「看！這裡的風景多壯觀！」靖月指著處女峰終年覆雪的山頂，「我們曾經到過那兒啊，你忘了嗎？」她的語氣充滿緬懷，沒有絲毫責難。

「還有這裡，」靖月翻到下一頁。「瑞士有名的山間餐館。你總是愛拖著我上那兒吃臭死人的起司。」她噗哧一笑，轉過來看看丈夫，禁不住撫摸他佈滿皺紋的臉頰。「你是最愛爬山的，還記得嗎？」

克里斯雖然沒有太多反應，但是嘴角一直是上揚的。靖月只要想到克里斯病後沒有變得脾氣暴躁，而是安靜祥和，心裡就充滿感謝。這時她發現丈夫已經平靜下來，便牽著他的手站起來。「進房去歇歇吧！」她輕聲對像個小孩一樣的丈夫說。

剛剛把克里斯安頓好，從房裡出來，門鈴就響了。

「看我帶來什麼好吃的！」妙麗舉起手上的蛋糕袋，給來開門的母親一個親吻。雖然只嫁到隔壁村，但是工作忙碌常常出差的她，一個月頂多回來探望一次。

「哇！你們結婚時買的上好餐具耶！家裡有客人啊？」妙麗看見廚房裡未收拾的精緻餐盤，以及桌上的蠟燭，好奇地問。

「沒有啊！就我和妳爹兩人。妳爹這個樣子，很難再招待客人了。」

「就你們兩人？那怎麼還大費周章，把桌子擺得這麼漂亮？」妙麗端出兩組咖啡杯，並小心翼翼地把草莓鮮奶油蛋糕放在桌上。

「為什麼不？沒必要因為人老了、時間久了就不用啊！點蠟燭是因為……，妳知道妳老爹，他一向講究氣氛。」

妙麗一隻手拿著湯匙，在咖啡裡攪啊攪。「爸哪裡還知道什麼氣氛不氣氛！他人呢？」

「在睡呢！」

「媽！我不懂，妳為什麼這麼心甘情願地照顧爸？」妙麗專注地看著母親，若有所思。

「問的什麼問題?!他是我老公，我不照顧誰來照顧？」靖月不懂女兒的用意。

「我是說……，我記得……，」妙麗吞吞吐吐。「以前你們常吵架。

有一次妳還哭得唏哩嘩啦，連行李都打包好了，說要回台灣！我們兄妹三人嚇死了！哥哥過去搶行李，我和妹妹一人抱著妳一條腿，說什麼都不讓妳走。」妙麗的臉上透露當年的驚恐。

靖月低下頭，像做壞事被逮著的小孩。「唉！不曉得蹉跎了多少時光。」

「我其實可以理解，」妙麗不想讓母親難堪。「小時候不明白，但是現在我知道要維持一段婚姻有多困難！」

原來如此！女兒想必和老公鬧彆扭了。還不待靖月問話，妙麗接著說：「妳好歹也受過高等教育，不論學歷或能力各方面，都不比爸差。嫁到德國當個家庭主婦，值得嗎？」

「我確實經常這麼想……。」靖月點點頭，在心裡對自己說。

「而且爸讓妳失望透頂，又不會賺錢，也不體貼、不幫忙做家事……。」妙麗重複著從小自母親那兒聽來的話。

靖月仍然在點頭。不對！女兒今天怎麼了？她一向最愛爸爸的，現在好像要來個大清算似的！再這麼點頭下去，怎麼得了?!

「我們當時都還年輕，幼稚得很，脾氣一上來什麼話都說得出口！」

「什麼年輕？你們吵吵鬧鬧了好多年！老實說，老爸患病之初，我並不確定妳會願意照顧他。我不確定……。」

「不確定我還愛他？」靖月幫妙麗把話說完。「也難怪妳會這麼想，爸媽確實不是你們的好榜樣。」靖月慚愧地說。

「媽，妳當初為什麼沒有一走了之？」

「我走投無路嘛！」靖月試著打馬虎眼。

「不可能！以妳的能力，不論在德國或回台灣，找工作都不是問題。再怎麼樣都比留在一個地獄般的婚姻裡好！」妙麗一點也沒有開玩笑的心情，她迫切地想從母親那兒找到一個冠冕堂皇的理由。

「聽著！難道妳希望我離開？」靖月也嚴肅起來。

「不是！但這不是重點。離婚又不是什麼大不了的事，大家好聚好散，作朋友總比作敵人好。」

這話好熟悉啊！彷彿不久前，靖月還每天在心裡這麼催眠自己：不是嗎？條件好、學歷高、能力強的人，哪怕沒人愛？你看演藝圈、政治界，甚至朋友當中和女性雜誌裡，不全都充滿離婚、再婚、找到第二春、從此過著幸福快樂日子的人？我好歹也唸到了博士，幹嘛在這裡跟你低聲下氣，看你的臉色？

結婚的前十五、二十年，靖月一直在心裡掙扎：為什麼不乾脆放棄呢？捨下食之無味、折磨人的婚姻，也許能得到更適合自己、更體貼的伴侶？

想到這裡，靖月一驚！這該不會是女兒目前的心情寫照吧?!

「妳跟馬丁之間還好嗎？」靖月小心地詢問。

妙麗沉默不語，眼眶泛紅，想來是挖到她骨子裡的祕密了。靖月挪過去，摟摟女兒瘦削的肩膀，不料卻引來她的聲聲啜泣。

「為什麼妳現在不為自己辯護了？我不明白當年妳為什麼留下來，我更不明白今天妳為什麼這麼死心踏地、無怨無悔？」

「女兒啊！婚姻是一門艱難的功課……。」

「我怎麼會不知道?!」妙麗不等母親把話說完，一股怒氣像火山爆發一般衝口而出。「我想知道妳究竟有什麼理由不離開？有什麼好理由堅守下去？」

「你們兄妹三人難道不是最好的理由？」

「就為了孩子？那如果沒有孩子呢？」妙麗似乎在慶幸自己還沒有生育。

靖月回想和克里斯長達四十年的婚姻。她怎麼會不知道自己堅守在這段婚約裡的理由，那曾經日日夜夜在她內心的爭鬥與辯論？

「如果沒有你們，我還是不會走。」

「為什麼？為什麼?!」

「因為上帝不喜悅我這麼做，因為我敬畏祂。」

妙麗往後一癱，滿臉的不屑。母親搬出她的上帝來了！上帝、上帝！祂真的了解我們的掙扎嗎？祂在意嗎？祂只會要求我們做違反人性的事！祂為什麼不希望我們在錯誤的婚姻中學習，然後在「下」一段關係中改善？

「媽！這麼多年來，沒有其他人追求過妳嗎？」

「第三者」果然是癥結所在！靖月暗想。她不禁憶起孩子還小的時候，在小公園盪鞦韆旁邊，那位鄰居男孩的父親的凝神注視。她也沒有忘記一位萍水相逢的男子試圖給她的深情擁抱，甚至教會裡一位體面男士的讚美和邀約。

靖月記得自己心裡那種小鹿亂撞的感覺，期待終於被男人了解和體恤的渴望。但是她總是在回答「好」之前打住，她無法擺脫上帝在她心裡的聲音，不論那聲音多麼微小：婚姻是一生的盟約、不可姦淫、不能在誘惑之前軟弱！

愚蠢嗎？在許多人看來，是的！靖月記得台灣那些老同學們大剌剌地公開討論自己的艷遇，說可以給婚姻加把味，並且幫助自己保持年輕。靖月經常在「做」與「不做」之間拔河，尤其是和丈夫一而再、再而三地為類似的事情爭吵，倆人像隔著海洋，永遠搆不著對方時，她就覺得特別疲累，就開始懷疑自己倒楣嫁錯人！

對上帝的敬畏，真的是她留下的主要理由了。靖月知道自己這種作法不夠先進、時髦或新派，但是上帝的話阻擋在她腳前，讓她不敢、也無法跨越。

「妙麗，」靖月回答。「我知道外面的誘惑又多又大，妳現在也許不相信，但是聽上帝的話，比聽電視、電影、小說，甚至朋友的話要明智得多。」

妙麗還想爭辯，但是臥房裡傳來克里斯的呻吟聲，靖月趕忙過去。不一會兒，只見她攙扶著丈夫到沙發上，輕聲溫柔地替他披上一件毛外套。

那動作是如此熟練、如此理所當然。想到父母在婚姻路上走過的曲曲折折、風風雨雨，在許多的辛酸、困難和爭執後，現在這幅景像多麼感人！妙麗的眼睛頓時模糊了。

她走過去抱住爸爸，在他額頭上親了又親。也許爸爸不記得她是誰，但是沒關係，他們仍是一家人。妙麗前所未有地感覺到一個完整的家對她的重要。無論爸媽過去有多少試探與掙扎，如今她深深感謝他們沒有天涯各據一方。

靖月送女兒到門口，妙麗給母親一個緊緊擁抱。「下禮拜我來幫妳買菜！」來時的緊繃情緒已不復見。

目送女兒離去的背影，靖月彷彿看見年輕時的自己。當年她也怨嘆上帝為什麼訂下這麼多法則，剝奪她許多人生樂趣，讓生活少了好多滋味！但是當時光荏苒，年華老去，靖月卻發現：那些不斷在情感的世界裡探險、嘗鮮的同學朋友們，一個個都摔得不輕、留下累累傷痕。而她，卻一點一滴在婚姻裡學習忍耐、包容和饒恕，最後連自己最「著名」的火爆脾氣也改掉了。

克里斯在呼喚著！靖月趕緊進屋去。丈夫依賴渴切的眼神給了她最溫暖的歡迎。「唉！這男人，」靖月搖頭苦笑，「曾經帶給我多大的災難！現在我卻想把全世界的恩慈都給他！」

沒錯！所有的激情與浪漫都是過眼雲煙，曾有的爭執與傷害都變得微不足道。是的，她願意照顧先生；是的，她願意為他擺出最好的餐具、點最美的蠟燭。

過去她為什麼不願相信堅守在婚姻裡，是上帝要祝福、淬鍊她，而不是要折磨或摧毀她？對於婚姻，她有一種浴火重生、走在正軌上的深沉喜悅、心安與滿足。

終於，靖月在自己對丈夫的忠實裡，看見上帝對她的愛與祝福。

釀小說62　PG1277

# 留下，因為愛

| | |
|---|---|
| 作　　者 | 區曼玲 |
| 作者照片版權 | Joachim Stockert |
| 封面照片攝影 | 區禮恩Antonia Wittchen |
| 責任編輯 | 林千惠 |
| 圖文排版 | 周妤靜 |
| 封面設計 | 蔡瑋筠 |

| | |
|---|---|
| 出版策劃 | 釀出版 |
| 製作發行 | 秀威資訊科技股份有限公司 |
| | 114 台北市內湖區瑞光路76巷65號1樓 |
| | 電話：+886-2-2796-3638　傳真：+886-2-2796-1377 |
| | 服務信箱：service@showwe.com.tw |
| | http://www.showwe.com.tw |
| 郵政劃撥 | 19563868　戶名：秀威資訊科技股份有限公司 |
| 展售門市 | 國家書店【松江門市】 |
| | 104 台北市中山區松江路209號1樓 |
| | 電話：+886-2-2518-0207　傳真：+886-2-2518-0778 |
| 網路訂購 | 秀威網路書店：http://www.bodbooks.com.tw |
| | 國家網路書店：http://www.govbooks.com.tw |
| 法律顧問 | 毛國樑　律師 |
| 總 經 銷 | 聯合發行股份有限公司 |
| | 231新北市新店區寶橋路235巷6弄6號4F |
| | 電話：+886-2-2917-8022　傳真：+886-2-2915-6275 |

| | |
|---|---|
| 出版日期 | 2015年5月　BOD一版 |
| 定　　價 | 290元 |




**Printed in Taiwan**

國家圖書館出版品預行編目

留下,因為愛 / 區曼玲著. -- 一版. -- 臺北市 : 釀出版,
2015.05
面 ;　公分
BOD版
ISBN 978-986-5696-97-9 (平裝)

857.63　　104004981

# 讀者回函卡

感謝您購買本書，為提升服務品質，請填妥以下資料，將讀者回函卡直接寄回或傳真本公司，收到您的寶貴意見後，我們會收藏記錄及檢討，謝謝！

如您需要了解本公司最新出版書目、購書優惠或企劃活動，歡迎您上網查詢或下載相關資料：http:// www.showwe.com.tw

您購買的書名：________________________________

出生日期：________年________月________日

學歷：□高中（含）以下　□大專　□研究所（含）以上

職業：□製造業　□金融業　□資訊業　□軍警　□傳播業　□自由業

□服務業　□公務員　□教職　□學生　□家管　□其它______

購書地點：□網路書店　□實體書店　□書展　□郵購　□贈閱　□其他

您從何得知本書的消息？

□網路書店　□實體書店　□網路搜尋　□電子報　□書訊　□雜誌

□傳播媒體　□親友推薦　□網站推薦　□部落格　□其他__________

您對本書的評價：（請填代號　1.非常滿意　2.滿意　3.尚可　4.再改進）

封面設計____　版面編排____　內容____　文／譯筆____　價格____

讀完書後您覺得：

□很有收穫　□有收穫　□收穫不多　□沒收穫

對我們的建議：________________________________

________________________________

________________________________

________________________________

請貼
郵票

11466
台北市內湖區瑞光路 76 巷 65 號 1 樓
**秀威資訊科技股份有限公司** 收
BOD 數位出版事業部

……………………………………………………………………………………………

（請沿線對折寄回，謝謝！）

姓　　名：__________ 年齡：______ 性別：□女　□男

郵遞區號：□□□□□

地　　址：____________________

聯絡電話：(日) __________ (夜) __________

E-mail：____________________